쉿!
강시

쉿! 강시 1

이종우 新무협 판타지 소설

초판 1쇄 찍은 날 § 2002년 12월 10일
초판 1쇄 펴낸 날 § 2002년 12월 20일

지은이 § 이종우
펴낸이 § 서경석

편집장 § 문혜영
편집책임 § 박영주
편집 § 장상수 · 권민정 · 이종민
마케팅 § 정필 · 강양원 · 이선구 · 김규진

펴낸곳 § 도서출판 청어람
등록번호 § 제1081-1-89호
등록일자 § 1999. 5. 31
어람번호 § 제2-0156호

주소 § 경기도 부천시 원미구 심곡1동 350-1 남성B/D 3F (우) 420-011
전화 § 032-656-4452 팩스 § 032-656-4453
http://www.chungeoram.com
E-mail § eoram99@chol.net

값 7,500원

ISBN 89-5505-552-8 (SET)
ISBN 89-5505-553-6 04810

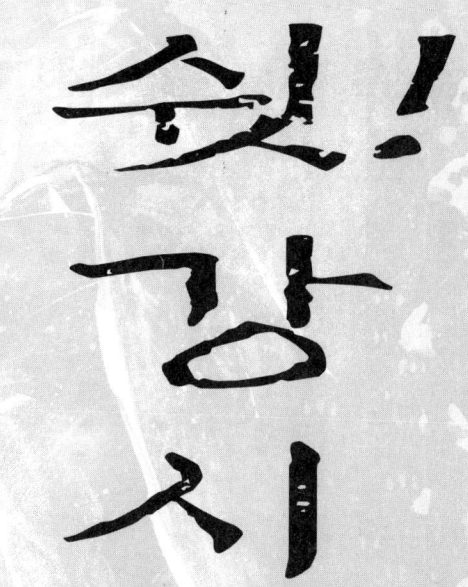

쉿! 강시

이종우 新무협 판타지 장편 소설

1

나 혜림(慧林)은 이렇게 '할아버지'와 만났다

도서출판

청어람

목차

序文

―누구를 위해 글을 써야 하는가?

무협을 읽는 '독자님'은 의외로 많다.

남자도 있고, 여자도 있다. 그리고 나이가 지긋하신 어르신이 계시는가 하면, 이제 겨우 한글을 뗀 어린아이들도 무협은 볼 수 있다.

솔직한 심정으론 그 많은 독자 분들께서 모두 다 이 글을 보아주었으면 좋겠다. 하지만 현실이 어디 그러한가? 개개인의 취향에 따라, 혹은 세상을 보는 가치관에 따라 좋아하는 무협의 형태는 얼마든지 달라질 수 있다.

그런 점에서 독자는 참 편한 것 같다. 내가 예전에 그러했듯이 자신이 보고 싶은 무협만을 골라 볼 수 있는 특권이 있으니까. 그러나 작가는 조금 달라진다. 친분이 전혀 없는, 그저 막연히 떠오르는 어떤 독자들을 위해 글을 써야 한다는 부담감을 안고 산다.

그런 부담감을 스스로 즐길 수 있다면 좋겠지만…

아쉽게도 이제 겨우 출발선상에 놓인 나는…….

여전히 알 듯 모를 듯한 불안감을 가지고는 있었지만, 그래도 '잘될 거야!'라고 말하면서 뻔뻔하게 한번 씨익 웃는 걸로 모든 말을 대신하고 싶다.

아아…….

그리고 보니 이런 어려운 말만 하려고 서문을 쓰는 게 아니니 딴 이야기나 좀 하련다.

처음 이 글을 쓸 때, 아라비아 숫자는 넣지 않겠다고 생각했다.

그리고 한자도 많이 넣지 않을 작정이었다.

말하자면 '한글' 로만 이루어진 무협을 쓰고 싶었다.

그래서 단락을 나눌 때 서수로만 썼다.

대강 그런 이유 때문인데 처음 보는 방식이 낯설어서 그런 건지 몰라도 어렵게 생각하시는 분들이 제법 되는 모양이다.

일관성 전혀 없는 그 서수들의 나열이 무슨 의미가 담겨 있는 게 아닌지, 혹은 그것이 알고 싶다! 라고 외치면서 머리 싸매고 고민해 봤자 답은 안 나올 것 같은데…….

그저 아무 생각 없이 이번 장(章)은 단락이 '여섯 개구나', 아니면 '다섯 개구나' 이렇게 편하게 생각해 주셨으면 한다. 다시 한 번 말하지만 단지 항상 보는 아라비아 숫자를 대체해 볼 요량으로 쓴 것이니까.

끝으로, 고마운 분들이 너무 많다.

초반에 이야기를 이끌어가게 도와주신 금강님.

매번 약속 어기는 작가 때문에 마음 고생 하신 청어람 편집부의 박영주님.

언제나 날 걱정해 주시는 이소 형님과 진부동 형님, 그리고 황기록 형님(사실은 날 괴롭히는 게 최고의 쾌락이라고 믿고들 계심).

서문에 자기 이야기 안 나오면 책 안 산다고 협박한 이두영님과 김요석님.

나우누리 추리 문학 동호회에서 뜻하지 않게 만나서 몇 년간 좋은 친구들로 지내고 있는 황민정 양, 박혜진 양, 박성현 군, 오승준 군, 심원섭 군, 그리고 이제 갓 스물을 넘기는 너무나도 귀여운 강혜림 양.

이들 모두에게 고개 숙여 깊은 감사의 인사를 드리고자 한다.

　…하지만 나도 인간이다 보니 어머님과 가족들에게 먼저 사랑한다고 말하고 싶다.

序
7월 16일

흑백(黑白)이 또렷한 두 개의 눈동자…….

그 눈동자들이 바라보는 것은 두 개의 발바닥이었다.

앙증맞은 발이다.

그러나 아무것도 신지 않은 맨발이었다.

가늘고 긴 종아리는 창백하다 못해 푸르스름하게 빛이 나고 있었다.

검은 치마가 허벅지까지 말려 올라갔다.

둥그스름하게 움츠린 등짝은 새우의 곱사등을 보는 것 같았다.

깨끗하게 잘려져 나간 목에서는 고약한 약물 냄새가 나는 싯누런 액체가 흘러나왔다. 그리고 싯누런 액체는 한두 방울씩 땅속으로 스며들고 있었다.

바위와 바위틈 사이에 쓰러져 있는 머리 없는 시체 하나.

그리고 몸뚱이에서 잘려져 나간 채 땅바닥에 나뒹구는 머리.

머리는 자신의 몸을 하염없이 바라보고 있었다.

꿈틀……

문득 머리 없는 몸뚱이의 등짝이 크게 한 번 비틀렸다.

그리고 몸뚱이가 전체적으로 꿈틀대기 시작했다. 몇 번인가 손발을 바동거리던 시체는 천천히 일어섰다.

우두둑—

절반쯤 일어선 상태에서 몸뚱이의 상체가 등 뒤로 기이하게 돌아갔다. 그리고 몸뚱이는 양손으로 땅바닥을 짚었다.

몸뚱이가 걸치고 있는 까만 옷은 여기저기 찢어졌다. 찢어진 옷자락을 뚫고 튀어나온 작은 가슴은 봉곳했다.

시체의 성별은 여자다. 그것도 나이가 어린 소녀였다.

소녀의 몸뚱이가 엉금엉금 기어가기 시작했다.

머리 앞에서 멈춘 소녀의 몸뚱이는 머리를 들어 올렸다.

소녀는 들고 있던 머리를 목 위로 올려놓았다. 그러나 광대뼈가 툭 튀어나온 깡마른 소녀의 얼굴이 향한 곳은 그녀의 등 뒤쪽이었다.

반대 방향으로 올려진 머리와 몸뚱이의 목의 잘려진 두 면이 딱 달라붙었다. 그리고 싯누런 액체는 목 주위로 흘러내렸다.

그때였다.

머리가 두 눈을 내리깔고 몸뚱이의 뒷모습을 내려다보았다.

등과 허리, 그리고 엉덩이를 잇는 여인 특유의 완만한 곡선……

그리고 그녀의 손이 머리를 돌리기 시작했다. 머리는 제자리로 천천히 돌아갔다.

소녀는 머리를 이리저리 만졌다. 그리고 소녀가 손을 떼고 머리를 몇 번 흔들었다.
  머리는 더 이상 떨어지지 않았다.
  그녀는 다시 살아났다. 거짓말처럼…….

  파란 하늘에는 하얀 뭉게구름.
  제법 쌀쌀하게 느껴지는 바람.
  햇볕이 유난히 따갑고,
  가끔은 작은 새들이 찾아와 짹짹거리는…
  그런 흔히 있는 어느 여름날의 아침이었다.

제 1 장

나는 예전처럼 예뻐지고 싶다고 말했다

여섯의 하나

7월 3일 저녁.

만약 아이를 키운다면 지금 당장 자리에서 일어나서 창고를 청소해보자.

여러 가지 잡동사니를 만나게 될 것이다. 그리고 시커먼 먼지를 잔뜩 뒤집어쓴 채 땅바닥에 버려진 인형 하나를 주울지도 모른다.

어떤 인형은 팔이 부러졌을 것이다.

혹은 누렇게 색이 변질되어 보기 싫을 수도 있다.

그러나 창고 속에서 인형들은 항상 이런 꿈을 꾼다. 다시 한 번 아이들과 같이 잠을 자는 그런 꿈 말이다.

그런 인형이 여기에도 하나가 있는데 그 인형은 계집아이의 형상을 하고 있었다.

인형은 벽에 등을 기대고 앉아 있다.

어떠한 움직임도 없었다. 인형의 얼굴은 부드러운 쇠가죽을 쭉 늘려서 나무토막에 찰싹 붙여놓은 것만 같았다. 낯빛은 창백하다 못해 푸르게 빛나고 있다.

양 어깨를 축 늘어뜨리고 있는 모습은 꼭 실이 몽땅 끊어진 꼭두각시 인형을 보는 것 같았다.

그래, 꼭두각시 인형이었다.

문득 꼭두각시 인형이 눈을 떴다.

꼭두각시 인형은 고개를 들었다. 인형의 눈동자가 천천히 움직이기 시작했다.

방 안을 둘러보던 인형의 시선이 한곳에서 멈추었다.

한 구의 시체였다. 그러나 평범한 시체는 아니었다. 죽어 있는 모습이 처참하다 못해 눈살을 찌푸리게 만들었다.

절반이 넘게 부서진 머리.

그 주위로 몰려든 쥐새끼들이 머리 속을 파먹고 있었다. 그리고 바닥에는 붉은 피가 굳어 검게 변해 있었다.

머리를 파먹은 쥐새끼들이 돌아다닐 때면 바닥에 나뒹구는 깨진 그릇들이 덜그럭거리는 소리를 냈다.

꼭두각시 인형이 조그만 입술을 열었다.

"아… 파……. 혜림(慧林)이는 지.금. 머.리.가. 너.무.나.도. 아.파."

꼭두각시 인형이 말했다.

아니, 그녀는 인형이 아니었다. 인형은 말을 할 수 없는 법이니까.

여섯의 둘

허민오(許敏梧)의 현재 직업은 약초를 캐러 다니는 심마니다.

일반적으로 현재라는 말은 '과거'를 염두에 두고 이야기할 때나 쓰는 말이다.

허민오에게도 과거는 있었다. 흔히 남들이 자랑스럽게 말하는 '왕년(往年)'이 그에게도 있었다.

아니, 고작해야 육 년 전이다.

그때까지만 해도 허민오는 자신이 약초 하나를 캐기 위해 이렇게 산을 이 잡듯이 뒤지는 것은 상상조차 해본 일이 없었다.

육 년 전의 어느 날.

그날은 손자 녀석이 죽은 날이다. 그리고 그날은 허민오가 오래전에 사형이라고 불렀던 '그 사람'을 다시 만난 날이기도 했다.

그 사람이 손자를 죽였다.

하나밖에 남지 않은 혈육이었다.

허민오는 유난히 그 녀석을 아꼈다. 그래서 허민오는 무작정 그 사람에게 달려들었다. 자신의 실력으로는 그 사람의 상대가 되지 않는다는 것쯤은 알고 있었다.

그래도…

그렇지만…….

예상대로였다.

다시 만난 사형은 헤어질 때보다 강해져 있었다.

허민오가 당해낼 수 있는 상대가 아니었다. 결국 갈비뼈가 세 대나 부러지는 중상을 입었다. 내장이 상했는지 입에서는 피가 끊임없이 흘러나왔다.

허민오는 살아야 했다.

손자 녀석의 제사는 지내주고 싶었다. 그리고 살아만 있다면 복수의 기회는 반드시 온다고 믿었다.

육 년 전의 그날은 허민오가 피눈물을 흘리며 도망쳐야 했던 그런 날이었다.

일곱 달이다.

일곱 달 동안이나 누워 있었다.

꼼짝할 수가 없었다.

고루노괴(骷髏老怪).

세상 사람들은 그 사람을 그렇게 불렀다. 그리고 허민오가 이를 갈아붙이며 매일같이 부르짖은 이름이기도 했다. 그 이름만을 생각하며 하루하루를 보냈다.

그러나…

어찌 된 일인지 시간이 흐를수록 손자 녀석의 얼굴이 희미해져만 갔다. 복수라는 것도 하찮게만 느껴졌다.

손자 녀석의 제사나 지내줄 수 있다면…….

그것만으로도 다행이라는 생각이 들었다. 남들이 우유부단(優柔不斷)하고 손가락질해도 상관이 없었다. 자신이 죽으면 누가 손자 녀석의 제사를 지내준단 말인가?

'그날'이 칠월 삼일이었다.

오늘이 손자 녀석의 기일(忌日)이다.

*　　　　*　　　　*

통나무로 만든 오두막.

작은 문을 바라보는 허민오의 눈 깊은 곳에서 짙은 후회가 나타났다.

이렇게 후회를 할 것을 왜 다시 찾아왔는지…….

하지만 이곳이다.

이 여닫이문 뒤에서 손자 녀석은 죽었다.

허민오는 하늘을 올려다보았다. 서쪽 하늘을 물 들인 붉은 석양이 곱디곱다.

잠시 후 허민오는 오두막의 여닫이문을 밀었다.

찍! 찌이익!

인기척에 놀란 쥐들이 후닥닥 도망쳤다.

허민오는 눈을 크게 찌푸리고 코를 막았다. 문 앞에는 시체 하나가 쓰러져 썩어가고 있었다.

시체의 몸을 따라 올라가던 허민오의 시선이 절반이 넘게 부서진 시체의 머리에서 멈추었다. 그의 눈이 착 가라앉았다.

허민오는 고개를 들어 오두막의 벽을 쳐다보았다.

그리고… 허민오가 본 것은 인형이다.

투명하고 맑은 인형의 눈이었다.

서로 눈이 마주치자 인형이 웃는다.

여섯의 셋

"음… 할아버지는 누구야?"

그녀는 두어 번인가 눈을 깜빡거렸다. 그녀는 이방인에 대한 두려움
도, 경계도 없었다.

"혜림이가 누구냐고 물었잖아!"

그녀의 말투에는 약간의 투정이 섞여 있었다.

그녀는 나이가 제법 들어 보였다. 그러나 그녀의 행동은 길거리에서
흔히 만날 수 있는 예닐곱 살의 계집아이 같았다.

허민오가 빙긋이 웃었다.

"나는… 허가(許哥)라는 사람이란다."

그녀의 오른쪽 어깨가 올라갔다.

그 다음은 반대쪽 어깨였다. 마지막으로 고개를 들어 올린 그녀는
벽을 타고 천천히 일어섰다. 누군가 그녀의 머리 위에서 끊어진 실을
하나씩 잡아당기는 것 같았다.

쿵!

무릎을 전혀 굽히지 않고 뛰어오른 그녀는 허민오 앞에 섰다. 대단히 부자연스러운 움직임이었다.

"나는 혜림이."

그녀가 자신의 얼굴을 가리켰다.

허민오는 고개를 끄덕여 주었다.

"혜림? 응, 예쁜 이름이구나."

"응! 예뻐."

그녀가 고개를 끄덕였다. 그리고 그녀는 배시시 웃었다.

"그치만… 할아버지의 수염이 훨씬 예쁜걸?"

"고맙구나."

허민오는 무의식적으로 수염을 한번 쓰다듬었다.

그녀의 말처럼 가슴까지 내려오는 허민오의 새하얀 수염은 너무나도 탐스러웠다.

하지만 그녀가 웃는 것도 잠시였다. 그녀의 얼굴이 금세 시무룩해졌다.

"지금… 혜림이는 얼굴이 못났어."

허민오는 그녀의 얼굴을 빤히 응시했다. 그녀의 얼굴 위로 손자 녀석의 얼굴이 떠오르는 것은 왜일까?

닮았다.

그래, 육 년 전에 고루노괴에게 납치당한 손자 녀석과 지금 눈앞에 있는 계집아이는 너무나도 닮았다.

그날 손자 녀석도 저랬다.

이 계집아이처럼 말투도 어린아이처럼 변해 있었고 행동 또한 이 계집아이처럼 부자연스러웠다. 죽기 바로 직전까지 말이다.

"하아……."

허민오는 한숨을 길게 내쉬고 손을 내밀었다.

"손목을 만질 수 있게 해주겠느냐? 잠깐이면 된단다."

"왜 그래?"

그제야 경계하는 마음이 생긴 건지 그녀가 손을 뒤로 숨겼다.

허민오는 부드럽게 웃었다.

"허허, 꼭 확인할 게 있단다."

"음……."

잠시 망설이던 그녀가 허민오에게 손을 내밀었다.

"알았어! 자, 혜림이 손……."

허민오는 그녀의 맥문(脈門)을 잡았다.

차다.

너무나도 차가워서 허민오의 손이 그대로 얼어붙는 것 같았다. 사람이라면 당연히 가지고 있어야 할 온기조차 그녀의 몸에서는 느껴지지 않았다. 그리고 맥박이 거의 없었다. 단지 간헐적으로 한번씩 뛰어놀고 있었다.

그녀는 이미 사람이 아니었다.

괴물(怪物)…….

그래, 괴물에 가까웠다.

허민오가 물었다.

"너는 고루노괴라는 사람을 알고 있느냐?"

"할아버지는 바보구나. 고루노괴 할아버지는 거기 누워 있잖아."

"그래, 그렇구나. 그 사람은 죽었구나."

이미 예상하고 있었던 일이다. 그렇지만 직접 누군가의 입을 통해

듣자 그 느낌이 달랐다.

착잡해진 심정을 감추려는 듯이 허민오가 다시 물었다.

"그럼 이 사람이 누구에게 죽었는지 말해 줄 수 있느냐?"

"음… 혜림이가 죽였는데?"

허민오는 그게 무슨 소리냐는 듯이 그녀를 쳐다보았다.

그러나 그녀는 허민오를 보고 있지 않았다. 그녀는 고루노괴의 시체를 내려다보고 인상을 한껏 찌푸리고 있었다.

"그치만 고루노괴 할아버지가 나빴던 거야. 혜림이를 아프게 하잖아! 혜림이는 아픈 게 제일 싫은데!"

그녀의 두 눈이 마치 어둠 속에서 빛나는 고양이의 눈처럼 반짝였다.

이상야릇한 살기였다.

허민오는 더 이상 아무런 말이 없었다. 그 대신 그는 그녀의 얼굴을 빤히 응시했다. 자꾸만 그녀의 얼굴 위로 손자 녀석 얼굴이 겹친다. 갈피를 잡지 못하고 어수선해지는 마음을 감출 길이 없었다. 그래서 허민오는 그녀에게 물었다.

"하고 싶은 일이나 원하는 일이 있느냐?"

"응, 있어!"

그녀는 한껏 들뜬 목소리로 말했다.

"혜림이는 예전처럼 예뻐지고 싶어!"

여섯의 넷

대문이 빼꼼히 열렸다.

문 뒤에는 열 살배기 꼬마 계집이 문틈으로 거리를 훔쳐본다. 계집아이는 그 나이의 다른 계집아이들보다 머리 하나는 작았다. 그리고 거리에는 제 또래의 친구들이 모여 재잘거리며 어디론가 걸어갔다.

계집아이는 문을 열지 않았다. 오늘도 계집아이는 친구들 사이에 끼지 못하고 그들을 훔쳐보고만 있을 뿐이다.

친구들이 문 앞을 스쳐 지나갔다.

이제 그들의 모습은 문틈 사이로 보이지 않았다.

왈칵!

계집아이는 문을 열고 거리로 나섰다. 주위를 두리번거리던 계집아이는 골목으로 들어가고 있는 친구들의 뒷모습을 볼 수 있었다. 아이는 그들의 모습이 보이지 않을 때까지 가만히 서 있었다. 그리고…….

계집아이가 고개를 푹 떨구었다.

아이는 돌아섰다. 그때까지도 미련을 버리지 못한 것처럼 계집아이는 자꾸만 등 뒤를 돌아본다. 하지만 친구들은 이제 그곳에 없었다.

그리고 계집아이는 한쪽 담 밑에 생겨난 그늘에 주저앉았다. 아이는 오른손으로 땅바닥에 무엇인가를 그리기 시작했다.

혜림은 잠에서 깨어났다.

그러나 그녀는 눈을 뜨지 않았다.

오늘도 똑같은 꿈이다. 이제는 이렇게 눈을 꼭 감고 있으면 그 장소가 선명하게 떠오른다.

한참 후, 그녀가 눈을 떴다.

이상했다.

언제나 눈을 뜨면 맨 처음 보이는 것은 고루노괴의 시체였다. 그리고 머리를 갉아먹는 쥐들이었다. 그러나 이날 아침에 그녀가 처음으로 본 것은 통나무로 만든 오두막의 천장이었다.

어색한 것은 또 있었다.

자신이 푹신한 침상에 누워 있었다. 그녀는 언제나 딱딱한 나무 기둥에 등을 기대고 잠을 잤었다.

그녀는 꿈틀대며 침상에서 일어났다. 그리고 언제나처럼 그녀의 시선이 바닥으로 향했다.

없었다.

언제나 그곳에 있던 고루노괴의 시체가 사라졌다. 그녀는 어리둥절한 눈으로 주위를 둘러보았다. 그러나 달라진 것은 그것뿐인 듯했다. 그러고 보니 어제저녁에 누군가를 만났던 것 같다. 그녀는 그게 누구인지 기억하려고 애썼다. 그러나 굳이 애쓸 필요는 없었다.

문이 열렸다. 그리고 너무나도 탐스러워서 만져 보고 싶은 새하얀 수염을 길게 기른 노인이 나타났다.

노인을 본 그녀의 얼굴이 환하게 밝아졌다.

"할.아.버.지. 어.디. 갔.다. 온. 거.야?"

그녀가 떠듬떠듬 말했다.

허민오는 양손에 들려 있는 노릇노릇하게 구워진 토끼 두 마리를 그녀에게 내밀었다.

"아침 식사를 하자꾸나."

그녀는 고개를 흔들었다.

"혜.림.이.는. 그. 런. 것. 먹지 않아도 살 수 있어."

떠듬거리는 그녀의 목소리가 차츰 제대로 돌아왔다.

허민오는 측은하다는 눈으로 그녀를 쳐다보았다. 그녀는 그의 눈길을 피했다.

"그런 눈으로 보지 말아요. 혜림이는 그런 눈 싫어!"

"그래, 미안하구나."

돌아선 허민오는 소매로 바닥을 쓱쓱 닦았다. 그리고 그는 토끼를 거기 내려놓고 뜯어 먹기 시작했다.

그녀가 빤히 쳐다보았다.

"맛있어?"

허민오는 고개를 흔들고 빙긋이 웃었다.

"별로 맛은 없구나. 사실 할아비는 요리를 잘 못한단다."

"그런데 왜 먹어?"

"배가 고프니까. 사람이든 동물이든 먹어야만 산단다. 먹거리가 더 이상 필요없다는 것은……."

허민오가 입을 다물었다.

그녀의 표정이 시큰둥했다. 그리고 그녀는 고개를 흔들었다.

"할아버지 말은 너무나도 어려워. 혜림이는 무슨 소리인지 전혀 모르겠어."

"미안하구나."

허민오는 희미하게 웃고는 남은 고기를 먹기 시작했다. 그리고 허민오가 다 뜯어 먹고 남은 토끼 뼈를 치우려고 할 때였다.

"있잖아, 할아버지. 혜림이가 괴물이야?"

그녀가 갑작스레 물었다.

엉거주춤 일어선 허민오가 그녀를 쳐다보았다.

"도대체 무슨 소리냐?"

"음… 아무것도 아니야. 할아버지는 어서 그거나 치워. 이상한 냄새나."

얼버무린 그녀가 코를 막았다.

허민오는 바닥에 남은 뼈다귀들을 문밖에 내다 버렸다.

그렇게 간단한 아침 식사가 끝났다.

몸이 불편한 그녀를 등에 업고 허민오는 오두막을 나섰다. 잘게 부서진 아침 햇살이 눈을 어지럽혔다. 그는 손을 들어 눈을 가렸다.

혜림이 물었다.

"우리 어디로 가는 거야?"

"기련산(祁連山)이라는 곳인데 무척이나 아름답다. 봉우리는 항상 얼음으로 뒤덮여 있고, 벌판에는 온갖 꽃들이 피어 있고, 꽃들 사이를 조그만 들짐승들이 뛰어다니고 있단다. 다람쥐, 토끼, 사슴……. 또 저녁에는 붉게 타오르는 노을이 너무나도 아름다운 그런 곳이다."

허민오는 되도록 쉬운 단어를 사용해서 말했다.

그 때문에 그녀는 허민오가 설명해 주는 기련산의 광경을 하나하나 떠올릴 수가 있었다. 금세 그녀의 눈빛이 몽롱해졌다.

그녀가 다시 물었다.

"정말이야?"

"그렇단다. 너도 가보면 그 아름다움을 느낄 것이다."

그녀는 잠시 침묵했다.

그리고 그녀는 천천히 말했다.

"음… 그럼 그 기련산이라는 곳에 가면 혜림이는 다시 예전처럼 예뻐지는 거야?"

"그건……."

허민오는 대답을 못하고 머뭇거렸다.

역시 단정적으로 말할 수는 없다. 하나 희망은 그것뿐이다. 기련산에서 난다는 그 약재만이 괴물이 되어버린 그녀를 인간으로 되돌릴 수 있는 것이다.

어쩌면 이미 늦어버린 건지도 모르겠다. 그래도…….

허민오는 말했다.

"나도 장담을 할 수가 없구나. 하지만 다른 방법이 없는 듯하니 우리는 그곳에 가야 한다."

"응, 알았어."

그녀는 힘차게 고개를 끄덕였다.

산길을 내려왔다.

화전민(火田民)의 마을이 가까워지는지 구수한 음식 냄새가 바람을 타고 흘러왔다.

그리고 보니 벌써 점심 시간이다.

시장기가 도는지 허민오는 침을 꼴깍 삼켰다. 그리고 그의 발걸음이 가벼워졌다.

그녀가 문득 말했다.

"할아버지, 딴 데로 가."

"무슨 소리냐? 저 마을을 지나야 좀 더 빨리 갈 수 있는데."

허민오는 손을 뒤로 돌려 그녀의 머리를 쓰다듬었다.

"응."

무턱대고 고개를 끄덕이던 그녀가 말했다.

"그치만 사람들이 혜림이를 보면 돌을 던진단 말야."

"그럴 리가……?"

"이 씨, 진짜란 말야!"

자신의 말을 믿어주지 않는 허민오에게 화가 났다.

"전에도 그랬어! 사람들이 혜림이를 손가락질하면서 이 괴물아, 빨리 꺼져! 그랬단 말이야."

그녀는 그만 울상이 되었다.

허민오는 아무런 말이 없었다.

깡마른 혜림의 얼굴이다. 그리고 그녀의 낯빛은 창백하다 못해 푸르게 빛나기까지 했다. 누가 봐도 그녀의 모습은 살아 있다는 느낌 자체가 들지 않았다.

그런 그녀의 모습을 보고 마을 사람들이 무엇을 생각했을까.

아마 마을 사람들은 그녀를 보고 당황한 나머지 돌을 집어 던졌을 것이다.

"하아……."

허민오가 길게 한숨을 내쉬었다.

여섯의 다섯

허민오는 슬쩍 인상을 썼다.

길이 없었다. 다만 눈앞에는 까마득한 높이의 절벽이 하나 덩그렇게 놓여 있었다.

허민오는 등 뒤로 돌아섰다. 그곳에는 울창한 숲이 있었다. 아무래도 저 숲 속에서 길을 잃은 것 같았다.

어디서부터 길이 잘못되었나.

책망이나 하고 있을 시간이 없었다. 이미 주위가 어둑어둑해지는 것이 금세라도 밤이 찾아올 것만 같았다. 그리고 노숙할 곳도 마땅하지 않았다.

허민오가 등에 업혀 있는 그녀를 내려놓았다. 그리고 그는 품속에서 밧줄 하나를 꺼냈다

"여길 올라가는 거야?"

혜림은 절벽을 올려다보고 있었다. 까마득히 높은 절벽에 겁을 집어먹었는지 그녀는 눈을 동그랗게 떴다.

허민오가 달래듯이 말했다.

"어쩔 수가 없구나. 조금 있으면 밤이 찾아올 것이고, 산속에서 밤에 돌아다니면 큰일이 생길지도 모르니까."

"큰일? 무서운 호랑이라도 나타나는 거야?"

"그건 아니지만… 아니, 그럴지도 모르겠구나."

허민오는 빙긋이 웃었다.

사실 그 말은 억지였다. 제법 크긴 하지만 그래도 이런 야산에 호랑이가 있을 턱이 없었다. 하지만 때론 이런 거짓말도 필요한 법이다.

그녀가 겁먹은 표정으로 고개를 끄덕였다.

"그렇구나. 알았어, 우리 빨리 여길 넘어가자."

"착하구나."

"응, 혜림이는 착해!"

그녀는 고개를 끄덕였다.

허민오가 그녀의 머리를 한번 쓰다듬었다. 기분이 좋은지 그녀는 배시시 웃었다.

허민오는 자신과 그녀의 허리에다 밧줄을 묶었다.

다시 한 번 절벽을 올려다본 허민오는 미간을 크게 찌푸렸다. 그의 얼굴에는 노골적으로 싫은 감정을 고스란히 드러내고 있었다.

휘익!

허민오가 높이 날아올랐다. 솜털구름처럼 가벼운 몸놀림이었다.

절벽은 몹시도 가파랐다.

바위와 바위에 난 작은 틈에 손가락을 푹 찔러넣은 허민오는 밑을 내려다보았다.

아찔했다.

갑자기 팔에 힘이 쭉 빠지는 느낌이다. 그리고 속이 울렁거리고 바위들이 빙글빙글 돌아갔다. 다리가 후들후들 떨렸다.

높은 곳은 딱 질색이다. 그리고 절벽 한쪽에 대롱대롱 매달린 그녀의 모습도 보였다.

허민오는 자신과 그녀의 몸을 묶은 밧줄을 툭툭 건드렸다.

핑! 핑!

팽팽하게 당겨진 밧줄이 반응했다.

손가락으로 세게 퉁긴다면 그대로 끊어질 것 같았다. 이 정도면 그녀를 떨어뜨리는 일은 없을 것이다.

허민오는 애써 고개를 돌렸다.

맑은 하늘과 유리처럼 반들반들한 절벽의 표면이 허민오의 시야 가득 들어왔다. 그리고 오 장쯤 되는 거리에 삐죽 솟아 나온 바위가 있었다.

탁!

허민오는 발끝으로 절벽을 차고 날아올랐다. 그리고 그가 그 바위 위에 살포시 내려앉을 찰나.

스르르…….

발 밑이 푹 꺼졌다.

사암(砂巖)이었다. 허민오의 몸이 기우뚱 균형을 잃더니 가파른 절벽을 따라 주르륵 미끄러졌다.

그녀의 몸이 순간적으로 출렁거렸다.

팽팽하게 당겨진 줄이 갑자기 느슨해졌다. 그 순간 커다란 바위가 그녀의 눈앞에 불쑥 나타났다.

꽈앙!

바위가 부서졌다. 그러나 그녀의 머리는 아무 이상이 없었다.

그녀는 고개를 돌렸다. 그러자 그녀의 목살이 기이하게 비틀어졌다.

우두둑!

그녀의 머리가 등 뒤로 돌아갔다.

밑을 내려다본 허민오는 마른침을 꿀꺽 삼켰다. 머리만 완전히 등 뒤로 돌아갔다.

그녀는 가만히 허민오의 얼굴을 바라보고 있었다. 그녀의 두 눈이 깜빡거린다. 그녀는 아무 짓도 하지 않았다. 그러나 그녀의 비틀린 목살과 두 눈이 왜 그렇게 무섭게만 보이는지……

허민오는 그것이 경고라고 생각했다.

허민오가 고개를 흔들었다. 그리고 그의 몸이 매끄러운 절벽의 벽면을 따라 붕 떠올랐다.

그녀는 여전히 머리를 등 뒤로 돌리고 허민오의 뒷모습을 하염없이 바라보고 있었다. 그리고…

다행히 시간이 지나자 그녀도 조금은 진정이 되는지 머리를 원래대로 돌렸다.

바람.

혜림은 바람을 좋아한다.

바람에 나부끼는 길고 까만 머리칼이 그녀의 볼을 살짝살짝 스치고 시나갈 때면 그녀는 눈을 감곤 했다.

하지만 지금 이 순간만큼은 그 바람이 싫었다.

휘이잉—

절벽의 정상에 올라서자 바람은 예리한 칼날처럼 그녀의 몸을 훑고 지나갔다. 산발이 되어버린 머리칼이 이리저리 흩날려 자꾸만 눈을 찌르고 있었다.

그녀는 어쩔 수 없이 돌아섰다.

돌탑이 눈에 들어왔다.

여러 사람들의 소원이 담겨 있을 법한 돌탑은 그녀의 키보다 약간 작았다. 그리고 돌탑 앞에는 허민오가 서 있었다.

허민오는 바닥에 떨어진 돌멩이 하나를 주워 돌탑 위에 올렸다. 돌멩이는 아주 잠깐 동안 흔들거렸지만 이내 중심을 잡았다.

잠시 후 허민오가 두 손을 합장하고 고개를 숙였다.

"할아버지는 무슨 소원을 빌었어?"

그녀는 허민오가 다시 고개를 들어 올릴 때까지 기다렸다가 물었다.

허민오가 그녀를 쳐다보았다.

순간 허민오는 주춤 물러섰다.

세찬 바람에 휘날리는 머리카락 속에서 핏기 하나 없는 얼굴이 나타났다. 정말이지 생기라곤 손톱만큼도 없는 얼굴이었다. 귀신같은 그녀의 얼굴이 허민오의 심장을 오그라들게 만들었다.

"별로… 대단한 건 아니다."

허민오는 고개를 돌리고 얼버무렸다.

그녀는 끈질겼다.

"가르쳐 줘요. 혜림이가 궁금하잖아."

"그냥… 기련산에 무사히 갈 수 있게 해달라고 빌었단다."

"에계, 겨우?"

그녀는 재미없다는 식이었다.

허민오가 그녀에게 손을 내밀었다.

"그래, 겨우 그거지. 자, 우리는 이제 가자꾸나."

"웅!"

그녀는 그 손을 잡았다.

허민오가 그녀의 허리에 매어진 밧줄을 다시 확인했다. 그리고 그는 그녀의 등 뒤로 보이는 절벽 밑을 바라보았다.

허민오는 고개를 끄덕였다.

예상대로였다. 별로 멀지 않은 곳에 작은 마을이 있었다.

절벽을 내려오자 시간은 저녁이 되어 있었다.

혜림은 어느새 허민오의 등에서 잠을 자고 있었다. 낮고 고른 그녀의 숨소리를 들으며 허민오는 그녀의 엉덩이를 추켜올렸다.

한동안 허민오는 움직이지 않았다. 대신 그는 혜림을 만났던 오두막이 있는 곳을 올려다보았다. 그러나 오두막은 울창한 숲에 가려져 보이지 않았다.

이상한 인연이 있는 오두막이었다.

육 년 전에는 손자 녀석이 그 오두막에서 죽었다. 그리고 어제 그는 그곳에서 혜림과 만났다.

그것도 같은 날이다.

마음이 착잡했다.

두 아이는 비슷한 나이였다. 그리고 두 아이 모두 자신의 의지와는 상관없이 괴물이 되었다.

허민오가 고개를 흔들었다. 이제 저 오두막을 찾는 일은 장담할 수는 없지만 두 번 다시 없을 것이다.

허민오는 돌아섰다.

마을은 작지 않았다.

절벽 위에서 내려다본 것과는 전혀 딴판이었다. 게다가 오일장이 서는 날이라 그런지 저녁인데도 관도(官道)에는 많은 사람들이 북적대고 있었다.

허민오는 되도록 사람들이 없는 곳으로 움직였다. 사람들이 혜림의 모습을 본다면 꽤나 시끄러워질 것이다.

여섯의 여섯

그 유명한 언덕은 이름이 있었다.

하지만 마을 사람들은 그 언덕의 이름에 대해서는 그다지 신경 쓰지 않았다. 그 언덕이 유명한 이유는 언덕 끝에 위치한 작고 허름한 주점 때문이다.

그곳에 가면 아주 싼값에 맛있는 음식을 배불리 먹을 수가 있었다. 이 마을 사람들에게는 그것이 중요했다.

그 주점은 이름이 없었다.

오일장이 서는 날이라 그런지 주점은 한산했다.

이름없는 주점의 장방(賬房)은 순해 보이는 인상을 가지고 있는 사람이었다.

적어도 허민오는 그렇게 보았다.

주점에 들어선 허민오를 보고 장방이 얼른 일어섰다. 그리고는 식탁 하나를 닦고는 허민오에게 이쪽으로 오라는 눈치를 보냈다.

허민오는 그 장방이 참 마음에 들었다.

별다른 이유는 없었다.

언제 깨어난 것인지 몰라도 혜림이 장방을 물끄러미 보고 있었다.

하지만 장방은 핏기 하나 없는 그녀의 얼굴을 보고도 잠깐 동안 놀랐을 뿐이다. 그리고…

장방은 그저 마음씨 좋은 옆집 아저씨처럼 웃었다.

"저희 집에서 자랑하는 것은 쥐고기 만두입니다."

장방은 자리에 앉은 허민오에게 아주 자랑스럽게 말했다. 정말이지 순박한 말투였다.

하지만 허민오는 떨떠름한 표정을 내비쳤다.

"쥐 말인가? 그걸 먹는단 말인가?"

장방이 두 눈을 끔뻑거렸다. 그리고는 이해 못하겠다는 사람처럼 느릿하게 말했다.

"그게 어때서 말입니까? 쥐라는 동물이 약간 더럽긴 합니다. 하지만 제가 깨끗하게 손질을 합니다. 믿으셔도 좋습니다. 그리고 맛은 어떤 육고기보나 맛있습니다. 그리고 값도 엄청 싸지요."

장방이 목소리를 낮췄다.

"이건 비밀인데, 저희 집에서 파는 쥐고기 만두를 먹기 위해 관청(官廳)의 높은 어른들은 몰래 사람을 보내기도 합니다."

"됐네. 그것보단 가장 빨리 되는 것으로 가져오시게."

더 이상 듣고 있다가는 속이 울렁거릴 것 같았다.

장방이 아쉽다는 표정을 감추지 않고 주방으로 갔다.

장방은 손님을 걱정할 줄 아는 착한 사람이었다.

두 손 가득 들고 온 두부 요리를 내려놓고 장방은 한쪽 구석을 힐끔 보았다.

"저기 있는 저 두 놈을 조심하십시오. 이 마을에선 유명한 망나니들입니다."

허민오가 고개를 돌렸다.

그 탁자는 주점 안으로 들어서면 바로 보이는 장방이 앉아 있는 계산대가 있는 왼쪽 모서리 앞에, 그러니까 오른쪽 모서리에 딱 달라붙어 있었다.

음침했다.

그렇기 때문에 사람들의 시선이 거기로는 잘 가지 않았다.

큰대(大).

작을소(小).

탁자 위에는 큼지막한 글자 두 개가 쓰여져 있었다. 그리고 주사위 두 개가 나뒹굴었다.

길쭉한 대나무 통도 하나 보였다.

조금 이상해 보이는 그 탁자를 사이에 두고 두 사람이 서로 얼굴을 뚫어지게 쳐다보고 있었다.

문을 등지고 앉아 있는 사람은 수두(水痘) 자국이 그대로 남아 있는 곰보청년이었다. 맞은편에 앉아 있는 사람은 깨끗한 백의(白衣)를 잘 차려입은 말쑥하게 생긴 청년이었다.

둘 다 목에 힘을 잔뜩 주고 있었다. 저러다 목뼈가 부러지지 않나 걱정될 정도였다. 그리고…

그들의 뒤에는 병장기를 들고 있는 호위무사(護衛武士)가 각기 넷씩이나 서 있었다.

분위기가 살벌했다.

말쑥한 청년이 길쭉한 대나무 통에 주사위 두 개를 넣고 흔들었다.

달그락달그락.

주사위가 돌아가고,

탁!

대나무 통이 뒤집어졌다.

곰보청년은 작은 쪽(小)에 돈을 걸었다.

대강의 상황은 짐작할 수 있었다.

장방이 불만을 터뜨렸다.

"에잇, 나쁜 놈들! 저 두 놈 때문에 전 이틀간 장사를 제대로 못했습니다. 손님들이 칼 찬 무사들이 무섭다고 찾아오지 않는 겁니다. 쯧쯧, 부모 잘 만나서 한다는 짓이 고작 저런 짓이라니……."

하지만 장방은 하고 싶은 말을 다 하지 못했다.

꼬르륵…….

무안해진 허민오가 얼굴을 약간 붉혔다.

허민오는 사실 무척이나 배가 고팠다. 허기진 나머지 배가 아파올 정도였다. 하기야 아침에 토끼고기를 먹은 것 빼고는 아무것도 먹지를 못했다.

"이런, 죄송합니다."

장방은 머리를 긁적이고 물러갔다.

허민오가 허겁지겁 두부 요리를 먹기 시작했다. 시장이 반찬이라는 옛말처럼 두부 요리는 꿀 맛 같았다.

네 번째, 아니, 다섯 번째 두부 요리를 입으로 가져갔다. 그러나 아직 허민오의 입 안에는 두부가 남아 있었다.

허민오가 문득 눈을 크게 찌푸리고 혜림을 쳐다보았다. 그녀의 행동이 마음에 들지 않았다.

혜림은 도박판에 관심을 보이고 있었다.

입으로 가져가던 두부를 다시 내려놓고 허민오는 입 안에 남아 있는 두부를 한꺼번에 삼켰다.

"왜 그쪽을 그렇게 보고 있는 게냐?"

허민오가 물었다.

그녀는 여전히 시선을 도박판에 두고 심드렁하게 대꾸했다.

"그냥……. 혜림이는 달리 할 짓도 없잖아."

그녀의 시선에도 아랑곳하지 않고 도박은 계속되었다. 그리고…

일은 터졌다.

곰보청년이 벌떡 일어났다.

"이런 쌍놈의 새끼, 감히 사기를 쳐! 이 개자식아, 네 어미한테나 가서 사기를 쳐 봐!"

처음은 욕설, 그리고 말쑥한 청년의 변명이었다.

"어허, 이거 미치겠네. 빽하면 사기를 친다는데, 야, 이놈아! 내가 사기 치는 걸 네놈이 봤냐?"

말쑥한 청년 뒤에 서 있는 호위무사들이 병장기를 뽑았다.

챙! 채앵!

곰보청년의 호위무사들도 가만 있지 않았다. 그들도 같이 병장기를 뽑아 들었다.

허민오가 그쪽으로 고개를 돌렸을 땐 이미 탁자가 반 바퀴 돌아서 떨어지고 있었다.

우당탕!

시커먼 먼지가 피어올랐다.

탁자는 완전히 뒤집어졌다.

묵직한 의자가 날아왔다.

의자는 그녀의 머리에 정통으로 부딪쳤다.

꽈앙!

의자가 박살났다.

주점의 의자라는 게 그리 약한 것은 아니었다. 괴물이 되어버린 그녀의 몸뚱이가 강한 것뿐이다.

그러나 '완전한 괴물' 이 되지 못한 그녀는 아픔을 느낀다. 그녀는 아픈 것을 싫어한다. 아주 많이.

혜림이 눈을 빠르게 깜빡거리고 있었다.

눈을 깜빡거릴 때마다 새까만 동공이 조금씩 위로 올라갔다. 그리고…

흑백이 분명했던 그녀의 눈에서 검은자위가 완전히 사라졌다.

남은 것은 흰자위뿐이다. 하지만 그 흰자위마저도 불그스름하게 변해 있었다.

천천히…

그녀가 일어난다.

굉장히 부자연스러운 몸짓이었다.

그녀의 오른쪽 어깨가 올라갔다.

그 다음은 반대쪽 어깨, 그리고 머리 순이었다. 통나무처럼 뻣뻣하게 몸을 일으킨 그녀가 무의식적으로 고개를 돌렸다. 그곳에는 곰보청년이 서 있었다.

그녀가 껑충 뛰어올랐다.

쿵!

바닥을 때리고 튀어오르는 커다란 고무공처럼 그녀의 작은 몸뚱이가 곰보청년을 덮쳤다. 너무나도 갑작스런 일이었다.

"어, 어억?"

당황한 곰보청년이 눈을 크게 떴다.

쾅!

그녀의 작은 몸뚱이가 곰보청년의 가슴을 사정없이 들이받았다.

"푸악!"

곰보청년의 입에서 피가 분수처럼 터졌다. 곰보청년은 그녀를 안고 쓰러졌다.

그녀가 고개를 치켜들고 입을 쩍 벌렸다. 날카로운 송곳니 두 개가 나타났다.

제2장

나의 팔은 끊어져도 다시 붙는다

넷의 하나

7월 4일 저녁.

꿈이 아니다.

환상은 더 더욱 아니었다.

그러나 마치 꿈속에서 가위에라도 눌린 것처럼, 혹은 자신이 무슨 짓을 하는지 모르듯이…….

머리를 숙이는 자신을 발견했다. 눈앞에 곰보청년의 목덜미가 나타났다.

입 안에 침이 저절로 고이고,

콱!

어느새 뾰족한 송곳니가 목살을 파고들고 있었다. 비릿한 냄새와 함께 뜨거운 피가 입 안으로 가득 밀려왔다.

진저리를 치듯이 그녀가 고개를 휙 돌렸다.

으득!

곰보청년의 목에 있는 힘줄과 목뼈가 한꺼번에 끊기며 부러졌다.

찌익!

목살이 그대로 뜯겨져 나갔다.

혜림은 머리를 들었다.

그녀는 흰자위만 남은 눈으로 말쑥한 청년을 쳐다보았다. 입가에 묻어 있는 곰보청년의 피가 턱을 타고 흘러내렸다.

말쑥한 청년의 얼굴은 시체처럼 창백해졌다.

그녀가 웃었다.

이번에는 네 차례야!

그녀는 그렇게 말하는 것 같았다.

말쑥한 청년은 제정신이 아니었다. 그리 긴 시간이 아니었다. 그 짧은 시간 동안 도대체 무슨 일이 일어났는지 설명할 길이 없다.

다만 한 가지.

곰보청년이 목살이 뜯긴 채 죽어 있다는 것뿐.

시뻘건 피가 바닥을 적셨다. 그때까지 신경이 살아 있는지 바들바들 떨고 있는 두 다리가 애처로웠다.

그때 곰보청년을 누르고 있던 그녀가 일어났다. 일어나는 모습부터 기괴했다.

뿌득!

혜림의 등짝이 크게 꿈틀거렸다. 그리고 그녀의 허리가 반대쪽으로 꺾이기 시작했다.

큰 활처럼 휘어진 허리가 더 이상 꺾이지 않았을 때에야 그녀는 양손으로 바닥을 탕 때렸다.

그 반동의 힘으로 일어난 그녀는 말쑥한 청년을 향해 돌격했다.

쿵쿵쿵! 쿵!

이번 움직임은 전혀 달랐다. 곰보청년을 덮칠 때는 큰 공이 바닥을 때리고 튀어오르는 것 같더니 이번에는 납작한 돌이 수면에서 물수제비를 뜨면서 지나가듯이 콩콩콩 뛰어왔다.

하지만 빨랐다. 무섭게.

"마, 막아라!"

말쑥한 청년은 정신없이 소리쳤다.

그녀가 이미 코앞에 다가와 있었다.

그제야 정신을 차린 말쑥한 청년의 호위무사가 혜림을 가로막았다. 그리고 곰보청년의 호위무사들도 달려왔다. 가장 빨리 달려온 곰보청년의 호위무사가 안령도(雁翎刀)를 내려쳤다.

쒸이이이익!

시퍼런 칼날이 그녀의 등으로 떨어졌다.

퍽!

그녀의 작은 몸이 앞으로 쏠렸다.

호위무사의 칼 솜씨는 나무랄 데가 없었다. 그녀가 입고 있는 옷이 걸레처럼 너덜너덜해졌다. 한데 어찌 된 일인지 호위무사의 손에 들려 있어야 할 안령도가 공중에 떠 있었다.

손목을 움켜쥐고 물러선 그자는 믿지 못하겠다는 표정이다.

"모, 몸뚱이가 이토록 단단하다니……!"

땅!

팅겨 올라갔던 안령도가 바닥으로 힘없이 떨어졌다. 마치 그 맑은 소리가 신호인 양 말쑥한 청년의 호위무사들이 그녀의 정면에서 치고 들어왔다.

쓰―윽!

두 자루의 창(槍)이 나타났다. 두툼하고 단단한 창두(槍頭)가 그녀의 배를 사정없이 찔렀다.

파앙!

그녀의 몸이 붕 떠올랐다.

잠시 후, 그녀의 몸은 그대로 곤두박질쳤다.

꽈앙!

탁자를 부서뜨린 그녀는 바닥에 큰대자로 뻗었다. 아무런 움직임도 없었다.

모든 사람들이 그녀가 죽었다고 생각했다.

그때였다.

그녀가 바닥에서 꿈틀대기 시작했다.

"혜. 림. 이. 는. 아. 픈. 게. 제. 일. 싫. 어."

떠듬떠듬 말하는 그녀는 거짓말처럼 상처 하나 입지 않았다.

다만 그녀를 찔렀던 단단하고 두툼한 두 개의 창두가 엿가락처럼 휘었을 뿐이다.

넷의 둘

휘어진 창두를 보고 가장 놀란 사람은 허민오였다.

허민오는 자리에서 벌떡 일어났다. 심장이 빠르게 뛰고 있었다.

사형은, 아니, 고루노괴는 '완전한 괴물'을 만들고자 했다. 죽여도 죽지 않는 그런 괴물 말이다.

방금 전에 보았던 그녀의 모습이다.

시작은 사부였다. 사부의 말도 안 되는 이론이 모든 일의 원흉이었다.

방울을 흔들어대는 소리에 죽어 있던 시체가 눈을 떴다.

놀라지는 않았다. 썩어가는 몸뚱이를 다시 살리기 위해 우리는 하루도 빠짐없이 약물을 투여했다. 한 달하고도 이틀 동안.

눈을 뜨는 게 당연했다. 약물의 힘에 의해 죽었던 신체 기능이 다시 살아나고 있는 것이다. 그러나 몸을 일으킨 시체의 얼굴에서 살점이 떨어졌다.

살점이 그대로 녹아내렸다는 표현이 정확할 것이다.

뼈가 드러났다. 한 달 동안 투여한 약물이 너무 독했는지 뼈는 검붉은색을 띠고 있었다.

살점이 흘러내리고 뼈만 앙상하게 남았다. 그리고 그대로 무너졌다.

눈앞에서 부서져 나간 시체만 해도 벌써 스물넷.

시체들은 무덤 속에서 보낸 시간이 각기 달랐다.

가장 부패가 심했던 시체는 무덤 속에서 두 달이나 지냈다. 그리고 방금 전에 부서진 시체는 죽은 지 하루도 안 되는 놈이었다. 가장 싱싱한 놈이었다.

오늘은… 오늘만큼은… 처음으로 성공했다고 생각했었는데……

결과적으로 오늘도 실패하고 말았다.

—고루노괴의 사부가 남긴 책자 中에서.

허민오가 땅바닥에 털썩 주저앉았다. 온몸에 소름이 쫙 끼쳤다.

허민오는 힘없이 중얼거렸다.

"사형은… 그 사람은… 성공했단 말인가?"

목소리마저 떨린다.

마침내 고루노괴는 완전한 괴물을 만들어냈다. 그 사람은 사부의 말도 안 되는 이론을 완성한 것이다. 그것도 단 혼자서…….

대단한 집념이었다.

허민오는 손으로 이마를 짚었다.

그녀의 소원은 예전처럼 예뻐지는 것이다.

단지 그것뿐이다.

다른 사람들에겐 어떨지 모르겠지만 허민오에겐 그녀의 작은 소원은 굉장히 큰 의미를 갖는다.

그날 자신이 손자 녀석을 오두막에 버려두고 도망치지만 않았어도 손자 녀석은 살 수 있었다.

언제나 허민오의 한쪽 가슴을 짓누르는 일이었다.

그녀의 소원을 들어준다는 것은 그런 거다. 손자 녀석에게 진 빚을 그녀를 통해 대신 갚는다는 일종의 보상 심리 말이다. 그러나 그녀가 완전한 괴물이 되어버렸다면 더 이상의 기회가 없다.

그녀의 작은 소원을 이룰 수가 없다는 의미다.

"하아……."

답답함을 감추려고 허민오가 한숨을 내쉬었다. 막연한 생각이 떠오른 것도 그때였다.

아니다.

아직은 혜림의 '의식'이 살아 있었다. 그녀의 의식이 살아 있는 한 그녀는 죽지 않는다. 그리고 그것은 고루노괴가 성공한 것이 아니라는 것을 뜻한다. 왜냐하면 사부의 그 '이론'은 실험체가 완전히 죽어야만 완성되기 때문이다.

그렇게 믿고 싶은 건지도 몰랐다.

어쨌든 생각을 정리한 허민오는 자리에서 일어났다. 그때까지도 비명은 끊임없이 이어졌다.

파앗!

번뜩이는 창두가 그녀의 목을 노리고 찔러왔다.

그녀는 피하지 않고 창을 향해 무작정 달려들었다.

그때, 한 사람의 뒷등이 그녀의 시선을 가로막았다. 노인 특유의 텁텁한 냄새가 났다. 그리고 그 사람의 뒷등이 순간적으로 멀어진다고 느낄 찰나,

파앙!

그녀에게 칼을 휘두른 호위무사가 그대로 날아가 벽에 부딪쳤다. 벽을 들이받고 퉁겨져 나온 호위무사는 얼굴을 땅바닥에 처박았다.

"크으윽!"

신음을 흘리는 걸 보니 죽지는 않은 모양이다.

순식간에 호위무사를 쓰러뜨린 허민오가 돌아섰다.

"물러나거라."

"……?"

그녀는 허민오를 쳐다보고 고개를 한번 갸웃거렸다. 그리고 그에게 달려들었다.

허민오가 슬쩍 인상을 쓰고 그녀를 향해 한 걸음 내디뎠다.

이상하게 높은 곳은 정말 싫어하는 허민오였지만 그래도 경공(輕功) 과 보법(步法)만큼은 자신이 있었다.

빙글!

허민오의 몸이 얼음 위를 미끄러지듯이 그녀를 비껴 나가 그녀의 등 뒤로 돌아 나갔다. 그리고 허민오는 그녀의 뒷덜미를 낚아채고 그대로 그녀를 집어 던졌다.

작고 가벼운 그녀의 몸이 문밖으로 훌훌 날아갔다.

허민오가 날아올랐다. 그의 생각은 단순했다. 그녀를 데리고 여기서 빠져나갈 생각이었다.

하지만 허민오는 움직일 수가 없었다. 살아남은 호위무사들이 그를 둘러쌌다.

문밖에 내팽겨쳐진 그녀가 벌떡 일어났다.

그녀는 주위를 두리번거렸다. 그리고 그녀의 시선이 한곳에서 멈추었다.

그녀가 웃었다. 마치 흐릿한 안개 속에 서 있는 것 같은 인영 하나가 서 있었다.

저 혼자만 살겠다고 도망쳐 나온 말쑥한 청년이었다.

말쑥한 청년의 낯빛은 창백해졌다. 그리고 그녀가 껑충 뛰어오르고 있었다.

쿵!

그녀는 말쑥한 청년 앞에 섰다.

그리고 그녀가 오른손을 뻗었다.

"허억!"

말쑥한 청년은 정신없이 뒤로 물러섰다.

그러나 벽이었다. 말쑥한 청년은 더 이상 물러설 곳이 없었다.

말쑥한 청년이 목을 한번 쓰다듬었다.

방금 전 그녀의 손이 살짝 닿았을 때 말쑥한 청년은 그 손에서 체온이라는 것을 느낄 수 없었다. 차가운 얼음덩어리에서 무슨 체온을 느낄 것인가.

쿵!

바닥이 크게 흔들리자 그녀는 다시 다가오며 또다시 손을 뻗어왔다.

"오, 오지 마!"

말쑥한 청년은 그녀에게 주먹을 뻗었다.

빠악!

주먹은 그녀의 가슴을 강타했지만 오히려 주먹이 부서졌다. 청년의 마지막 발악은 무의미했다.

"크악! 제, 제발……."

말쑥한 청년은 벽에 달라붙어 오들오들 떨었다.

그녀의 눈이 새파랗게 타올랐다. 명백한 분노였고 알 수 없는 살기였다.

차가운 그녀의 손이 말쑥한 청년의 눈앞으로 다가왔다.

말쑥한 청년은 아무것도 할 수 없었다. 그저 자신의 목 쪽으로 방향을 틀어버린 그녀의 손을 멍하니 쳐다볼 뿐이었다.

후회가 밀려왔다. 혼자서는 아무것도 하지 못하는 자신이 한없이 나약하다는 생각이 들었다. 이럴 줄 알았으면 '아버지'가 시키는 대로 무공이나 열심히 수련하는 건데…….

하지만 언제나 그렇듯이 후회는 이미 늦었다.

퍼억!

그녀의 손이 말쑥한 청년의 목을 강타했다.

허민오는 양손에 잡혀 있는 손목 두 개를 무참하게 꺾었다.

우두둑!

뼈가 비틀리는 음향과 함께 두 명의 호위무사가 주룩 딸려왔다. 허민오는 그들을 붙잡고 있는 손을 놓아버렸다.

쾅!

서로의 몸이 강하게 부딪쳤다.

그 충격 때문에 그들은 정신을 잃고 털썩 주저앉았다. 그리고 허민오는 그들 뒤에 서 있는 마지막 남은 호위무사 앞에 섰다.

호위무사는 가만히 있지 않았다.

샤악!

안령도가 번뜩이며 허민오의 머리를 노렸다.

허민오의 몸이 좌우로 세차게 흔들렸다.

팟!

안령도는 요동 치는 허민오의 몸을 격중시키지 못하고 스쳐 지나갔다.

허민오가 손을 쭉 뻗었다. 호위무사의 손목이 덥석 붙잡히자 허민오는 그대로 호위무사의 등 뒤로 돌아 나갔다.

우드득!

팔과 어깨의 관절이 모두 부러졌다.

"크아악!"

호위무사가 어깨를 부여잡고 꽈당 넘어졌다.

그렇게 모든 상황이 끝났다.

생존자는 넷이다.

모두 허민오의 손으로 쓰러뜨린 자들이다. 그들을 내려다보는 허민오는 착잡한 심정이 되었다.

어쩌다 일이 이 모양이 된 것인지…….

허탈한 웃음만 흘러나온다.

허민오는 고개를 흔들고 돌아섰다.

혜림은 벌써부터 허민오를 쳐다보고 있었던 모양이다. 그녀는 겨우 제정신이 돌아왔는지 그와 눈이 마주치자 배시시 웃었다.

허민오는 그녀의 얼굴을 뚫어지게 바라보았다.

그녀의 입 주위에는 약간 말라붙은 피가 잔뜩 묻어 있었다. 하지만 그녀의 두 눈은 맑고 투명했다.

한동안 그녀의 얼굴을 물끄러미 보고 있던 허민오는 부엌으로 갔다.

혜림은 허민오를 올려다보았다.

부엌에 다녀온 허민오의 손에는 넓적한 식칼이 들려 있었다.

허민오가 말했다.

"팔을 보자꾸나."

"응!"

그녀는 순순히 팔을 내밀었다.

허민오가 식칼을 들었다. 그 식칼은 이내 불그스름하게 변했다.

아무것도 모르는 그녀였지만 그 식칼이 우호적인 용도로는 쓰이지 않는다는 것쯤은 본능적으로 알 수 있었다.

스팟―!

식칼이 그녀의 팔을 향해 떨어졌다.

"카오!"

그녀의 입에서 짐승이 울부짖는 소리가 난데없이 튀어나왔다.

아팠다. 아까와는 비교도 되지 않는 고통이 팔에서부터 흘러나와 전신을 덮쳤다.

머리 속이 흐려진다.

눈앞이 조금씩 붉게 물들었다. 그러나 이성을 완전히 잃어가는 그녀의 눈과 마주친 것은 왠지 모를 슬픔과 안타까움이 담긴 허민오의 깊은 눈동자였다.

팔은 여전히 아팠다. 그러나 정신이 조금씩 맑아져 갔다.

툭.

그녀의 팔이 바닥에 떨어졌다.

시뻘건 피…….

아니었다.

그녀의 팔에서 흘러나온 액체는 놀랍게도 싯누런색을 띠고 있었다. 그리고 고약한 약물 냄새가 심하게 났다.

치익!

싯누런 액체가 홍건한 바닥이 허연 연기와 함께 검게 타 들어갔다.

역시…….

허민오의 예상은 맞아떨어졌다.

공력을 최대한 끌어올렸기 때문에 힘은 들었지만 그래도 그녀의 팔은 끊어졌다.

그녀는 완전한 괴물이 아니었다.

아직 그녀는 '사람'이었다.

희망이 보이기 시작했다.

혜림은 인상을 한껏 찌푸리고 허민오를 올려다보고 있었다. 잔뜩 찡그린 모습이 금세라도 울 것만 같았다.

허민오의 표정이 우울해졌다.

그녀가 저런 표정을 지을 수 있는 것도 이제 얼마 남지 않았다.

시간이 지나면…

그래, 시간이 지나면 그녀는 얼굴 근육조차 제 맘대로 움직일 수 없을 것이다.

허민오가 물었다.

"많이 아프냐?"

그녀는 고개를 끄덕였다.

"당연하잖아. 혜림이는 무지하게 아파! 그치만 할아버지니까 혜림이가 참을게."

"그래, 고맙구나. 아파도 조금만 참거라."

달래듯이 말하고 허민오는 끊어진 팔을 주워 들어 그녀에게 내밀었다.

"이제 이 팔을 다시 붙여보거라."

"응……?"

머뭇거리는 그녀에게 허민오가 다시 말했다.

"걱정하지 말고 시키는 대로 해보아라."

"응……."

그녀는 허민오를 다시 올려다보았다.

허민오가 고개를 끄덕였다.

그녀는 팔이 끊어진 부분과 부분을 딱 맞게 붙였다. 싯누런 액체가 주룩 흘러내렸다.

그때였다.

놀라운 일이 벌어졌다.

팔이 다시 붙었다. 몇 번 꿈틀거리더니 이내 팔이 하나가 되어버린 것이다. 어찌 된 영문이냐는 듯이 그녀가 고개를 한번 갸웃거렸다.

그녀는 허민오를 쳐다보았다.

아무래도 그녀는 믿어지지 않는 모양이었다. 하지만 팔은 분명히 다시 붙었다.

그녀는 허민오의 대답을 기다리는 것처럼 눈을 깜빡거렸다.

"이제 너는 스스로 죽으려고 해도 죽지 못할 것이다."

허민오의 눈빛이 암담하게 가라앉았다.

"네가 완전히 죽는 날도 멀지 않았구나. 한시라도 빨리 기련산으로 가서 그 약재를 구해야 하는데……."

완전히 죽는다.

혜림의 의식이 사라지고, 마침내 그녀는 보다 완벽한 괴물이 된다. 고루노괴의 꿈이 이루어지는 것이다.

그러나 그녀는 관심이 없는 모양이다. 그저 자신의 팔이 다시 붙었다는 사실이 마냥 신기한지 팔을 몇 번씩이나 움직여 보고 있었다.

하지만 그녀의 팔은 아무런 이상이 없었다.

"시체 처리를 부탁하겠네."

그녀를 안아 들고 허민오는 장방에게 손을 내밀었다. 그 손에는 반짝이는 물건이 들려 있었다.

"은(銀) 한 냥이네. 이 정도면 당분간 돈 걱정은 하지 않아도 된다고 보는데……."

난생처음 보는 거금 앞에서 장방은 눈을 휘둥그레 떴다.

은 한 냥이면 보통 이 가게에서 석 달간 벌어들이는 총액과 거의 맞먹는 액수였다.

하지만 무슨 이유 때문인지 장방은 망설였다.

장방은 허민오의 얼굴과 그의 손에 들려 있는 반짝이는 물건을 번갈아 보았다.

허민오가 짐작했다는 듯 물었다.

"왜 그렇게 보나? 액수가 너무 작은가?"

"아닙니다, 아닙니다."

예상과는 달리 장방은 고개를 흔들었다. 그리고 그는 얼굴을 붉히고 슬그머니 돈을 움켜쥐며 허리를 숙였다.

"당분간 가게는 열지 않겠습니다."

돈을 건네 받고도 장방은 두세 번인가 허민오를 올려다보았다. 장방은 여전히 망설이고 있었다.

하지만 그것을 대수롭지 않게 생각한 허민오는 장방의 어깨를 다독였다.

"부탁하네."

넷의 셋

밤이다.

이름없는 주점의 장방은 그중 부서지지 않은 의자에 앉아 있었다.

탁자 위에는 허민오가 주고 간 한 냥짜리 은자 하나가 놓여 있었다. 은자를 손가락으로 빙글빙글 돌리는 모습이 꼭 무언가 큰 걱정거리가 있는 듯했다.

장방은 발 밑을 내려다보았다.

시체 여섯 구가 땅바닥에 반듯하게 누워 있었다.

장방의 시선은 말쑥한 청년의 얼굴에서 떨어질 줄 몰랐다.

돈을 주고 간 노인에겐 말을 안 했지만 말쑥한 청년의 아버지는 대단한 사람이었다.

그분은 이 지방의 유지(有志) 중 한 사람이었다. 그리고 장방이 가장 어렵게 생각하는 어른이었다. 그 때문에 말쑥한 청년이 매일 주점에서 도박을 해도 모른 척해야만 했다.

어쩌면 그런 대단한 사람이 아버지였기 때문에 말쑥한 청년이 오늘날 사람들에게 손가락질받는 파락호가 된 것인지도 몰랐다.

장방은 자리에서 일어났다.

부상자들이 떠난 지도 반 시진이 지났다. 조금 있으면 그 어른께서 수하를 보내올 것이다.

"노백(老伯)!"

장방은 털썩 무릎을 꿇었다.

"지, 직접 오, 오실 줄은 생각도 못했습니다. 어, 어서."

장방은 턱을 떨면서 연신 고개를 조아렸다.

"몇 가지만 물어보겠다."

이미 주점 안으로 들어온 화복(華服)을 걸친 중년인이 말했다.

땅딸막한 체구가 굉장히 단단하다는 인상을 주는 사람이었다. 어릴 때부터 험한 일을 해왔는지 중년인의 얼굴에는 크고 작은 상처들이 잔 뜩 나 있어 그것만으로도 보는 사람을 압도한다.

"말씀하십시오."

대꾸하는 와중에 장방은 중년인의 뒤에 조용히 시립해 있는 두 사람 을 슬쩍 쳐다보았다.

묘한 대비를 이루는 두 사람이다.

까만 옷을 잘 차려입은 스물을 이제 막 넘긴 것 같은 청년과 옷차림 이 남루한 오십 줄의 중늙은이였다.

중늙은이는 강퍅한 얼굴에 눈이 세모꼴이어서 그런지 인상이 굉장 히 무섭게 느껴졌다. 그리고 중늙은이는 차마 말쑥한 청년의 시체를 보지 못하겠다는 듯이 돌아섰다.

그와 반대로 청년은 호리호리한 몸매에 곱살하게 생겼다.

한 가지 흠이라면 너무나도 냉막한 인상 때문에 얼음 조각을 보는 것 같았다. 아마 여자들에겐 인기가 없을 것이다.

청년과 눈이 마주치자 장방은 한기(寒氣) 비슷한 것을 느꼈다.

청년의 두 눈동자는 마치 유리알처럼 반짝이고 있었다. 단지 바라보 기만 할 뿐 일체 감정이 느껴지지 않는 눈동자였다.

"네놈은 누구 때문에 보호비도 안 내고 이렇게 장사를 계속 할 수 있다고 생각하느냐?"

화복중년인이 말했다.

장방은 다시 고개를 조아렸다.

"노백의 은혜 때문입니다."

"그런데……."

중년인이 말을 길게 끌었다. 그리고는 땅바닥에 누워 있는 말쑥한 청년을 가리켰다.

"이 아이가 누구더냐?"

"노백의 아드님 되십니다."

"그래, 잘 알고 있다. 그럼 나는 누구냐?"

"노백이십니다."

장방은 화복중년인의 얼굴을 똑바로 쳐다볼 수가 없었다. 화복중년 인이 바로 노백이라고 불리는 남두현(藍豆懸)이기 때문이다.

남두현은 성도(成都)에서 태어났고, 그는 현재 사천(四川) 땅에서 가장 유명한 사람이었다. 아니, 가장 무서운 사람 중에 하나라고 해야 옳을 것이다.

노백이 고개를 끄덕였다.

"이제 네놈이 해야 하는 일이 뭔지 잘 알고 있겠지?"

"네, 아, 알고 있습니다."

기어가는 목소리로 장방이 대답했다.

노백은 고개를 돌렸다.

"방지웅(方志雄)."

뒤에 서 있던 냉막한 청년 방지웅이 대답했다.

"네, 노백."

노백이 장방을 가리켰다.

"이놈하고 같이 가서 그들을 잡아오는 게 네 일이다. 그들은 죽여도 상관없다. 대신……."

"말씀하십시오."

"이놈은 죽이면 안 된다."

노백은 고개를 짧게 끄덕였다.

방자웅의 얼굴에 밋밋한 변화가 일어났다. 한쪽 입술 끝이 순간적으로 올라가 웃음기 비슷한 것을 떠올렸다. 그리고 이내 얼음 조각 같은 원래의 모습으로 돌아갔다.

"알겠습니다."

방자웅이 허리를 숙였다. 그리고 그는 장방을 데리고 주점 밖으로 나왔다.

주점 앞에는 한 사람이 그들을 기다리고 있었다. 옷차림이 남루한 중늙은이였다.

"노구(老狗) 대형(大兄), 노백께서 기다리십니다."

방자웅이 등 뒤에 있는 주점을 가리켰다.

중늙은이 노구는 거만하게 고개만 까닥거렸다. 그리고 노구는 장방에게 시선을 주었다.

장방은 어깨를 움찔 떨었다.

늙은 개, 노구가 다가왔다.

그는 오래전부터 시정(市井)에서 잡배(雜輩)들과 '놀아본' 사람처럼 건들건들하는 걸음걸이가 몸에 배어 있었다.

쫘악!

그의 손짓에 장방의 고개가 한쪽으로 돌아갔다. 입 안이 찢어졌는지 피가 흘러내렸다.

쫙!

이번에는 반대쪽 뺨이 돌아갔다. 그리고 장방의 몸이 의지와는 상관없이 주룩 앞으로 딸려갔다. 노구가 장방의 먹살을 틀어쥐고 바짝 끌어당긴 것이다.

노구는 희미하게 웃었다.

"그 계집을 찾지 못하면 넌 내 손에 죽는다."

장방이 힘없이 고개를 끄덕였다. 그는 그것이 단순한 으름장이 아님을 잘 알고 있었다.

노구는 장방의 먹살을 풀고 그의 뺨을 톡톡 건드렸다. 그리고 노구는 이름없는 주점으로 들어갔다.

"괜찮으……."

노구는 말을 하다 말고 입을 다물었다. 노백이 말쑥한 청년을 무덤덤하게 내려다보고 있었기 때문이다. 자신과는 아무런 상관도 없는 사람이 죽은 모습을 보는 것 같았다. 그래도 자신의 아들이지 않는가. 그런데도 저 사람 노백의 얼굴에는 일말의 흔들림도 없었다.

과연 무서운 사람이었다.

때마침 노백이 노구를 돌아보았다.

"노구, 넌 저 아이를 유난히 예뻐했지. 그런데 넌 저 아이가 내 아들이라고 생각하나?"

"아, 아닌 겁니까?"

노구는 눈을 부릅떴다.

노백이 말했다.

"나는 말이다. 원래 아이를 가지지 못한다. 오래전에 네가 여기를 차버려서 말이다."

노백은 자신의 급소 하초(下焦)를 가리켰다.

노구는 주춤 물러섰다. 그리고 그는 아무런 말도 하지 못했다. 그의 얼굴이 갑자기 하얗게 변했다.

노백이 웃었다.

"왜 그렇게 놀라냐?"

노구는 털썩 무릎을 끊었다.

"죄송합니다. 몰랐습니다."

노구가 땅바닥에 머리를 쿵 처박았다.

"뭐, 괜찮다. 네 잘못은 아니었다."

노백이 손을 내저었다. 그러나 노구는 일어나지 않았다.

"네 잘못이 아니라고 말했다. 그리고 죽은 이 아이도 이미 다 알고 있었던 일이다. 그만 일어나라. 이제 그만 이 주점을 태워 버리고 가야 겠다."

노백은 노구의 어깨를 두드렸다.

그게 무슨 소리냐는 듯이 노구는 노백을 올려다보았다.

"네? 하오나 도련님의 시신은⋯⋯."

"됐다. 어차피 그 여자의 아들이다."

노백의 인상이 차가워졌다.

누구는 안타까움을 감추지 못했다.

그 여자.

자신의 부인을 가리키는 말이라는 것쯤은 알고 있었다.

하지만 노백은 '마님'을 그저 남의 마누라인 양 거침없이 말했다. 몇 년 전부터 노백 부부(夫婦)의 사이가 안 좋다는 사실은 알고 있었지만 설마 이 정도일 줄이야.

노백이 돌아섰다.

그때까지 미련을 버리지 못한 노구는 말쑥한 청년의 시신을 잠시 동안 바라보았다.

하지만 노구는 어쩔 수 없이 자리에서 일어났다.

노구는 노백의 그림자였다. 그림자는 주인의 곁을 떠나서는 살 수 없었다.

쨍그랑!

주점을 나서기 전 노구는 제일 큰 술 항아리를 깨뜨렸다.

탁! 탁!

주점 밖에서 부싯돌이 몇 번 부딪쳤다. 불꽃이 튀어 지푸라기에 옮겨 붙었다.

노구는 지푸라기를 주점 안으로 던졌다.

화악!

갑자기 술 냄새가 진동하면서 목재로 만든 주점이 이내 활활 타오르기 시작했다.

노백과 노구의 얼굴이 불빛을 받아 묘하게 일렁거렸다.

"노구, 넌 아이들의 말을 어찌 생각하느냐?"

갑자기 물어오는 노백의 질문에 노구는 어리둥절한 표정이 되었다.

노백이 웃었다.

"병장기를 아무짝에도 쓸모없게 만들어 버리는 그런 몸뚱이를 가진 괴물이라……. 재미있는 이야기 아니냐?"

"전 믿을 수 없습니다."

노구는 고개를 세차게 흔들었다.

그런 괴물은 직접 눈으로 본 적도, 남에게 들은 적도 없었다. 물론 옛날이야기에나 몇 번 나오지만 아마도 밑에 아이들은 후환이 두려워 거짓말을 했을 것이다.

하나 노백은 생각이 다른 모양이다.

"방지웅을 두 번 다시 못 볼지도 모르겠다."

"어째서 그런 생각을……?"

노구는 그렇게 생각하지 않았다.

이제껏 실패한 적이 한 번도 없는 녀석이다. 이번에도 그 녀석은 노백의 명령을 완벽하게 완수할 것이다.

그러나 노백은 그 질문에 대답할 마음이 없는 듯했다. 다만 이렇게 중얼거렸을 뿐이다.

"왠지 모르게 한 사람의 이름이 생각났을 뿐이다."

넷의 넷

숲 속에서는 부엉이가 울어댄다.

자정이 훨씬 지난 모양이다.

혜림의 눈앞에 나타난 초당(草堂)은 매우 작았다.

아무도 살지 않을 것 같은 폐가였다. 너덜너덜해진 문 뒤쪽에서 금세라도 귀신이 나올 것만 같았다.

그녀는 자연스레 어깨를 잔뜩 움츠리고 허민오의 가슴에 얼굴을 파묻었다.

덜컹!

허민오가 문을 열었다.

이상야릇한 향(香) 냄새가 났다.

오래된 냄새……

집 안 곳곳에 스며들어 이제는 향을 피우지 않아도 풍겨 나오는 그런 냄새였다. 그러나 익숙하지 않았다.

허민오가 말했다.

"버려진 사당인가 보다. 오늘은 이곳에서 잠을 자야겠다."

"싫어! 귀신이라도 나오면 어떻게 해."

그녀는 고개를 치켜들고 허민오의 얼굴을 올려다보았다. 잔뜩 겁먹은 표정이었다.

허민오가 그녀의 볼을 쓰다듬었다.

"허허, 세상에 귀신이 어디에 있다고 그러느냐?"

"그치만……."

그녀는 곁눈질로 사당 안을 흘끔 보았다. 아무것도 보이지 않았다. 마치 시커먼 동굴의 입구처럼 음침했다.

그녀가 잽싸게 고개를 돌렸다.

"무서운 건 무서운 거야! 할아버지는 바보야. 그것도 몰라?"

허민오는 난감했다. 그는 오늘 하루 동안 제법 많은 일을 겪었다. 당연히 몸과 마음이 피곤했다. 그런데도 그녀는 자꾸 투정만 부려대고 있었다.

부지간에 화가 났다.

"하아……."

허민오는 한숨을 길게 내쉬었다.

그렇다고 그녀에게 화를 낼 수는 없었다. 그녀는 자신의 감정에 솔직한 것뿐이었다.

무서운 건 무서운 거니까.

허민오가 그녀를 타일렀다.

"그럼 이렇게 하자꾸나. 할아비가 들어가서 불을 피우마. 그때까지 넌 여기서 기다려라."

"그건 더 싫어! 혼자 있으면 더 무서운걸?"

"그럼 어찌해야 하느냐? 밤은 늦었고 마땅히 잠잘 곳도 없단 말이다. 게다가 할아비는 지금 엄청 피곤하단다."

"음……."

그녀는 두 눈을 몇 번 깜빡거렸다. 무언가 골똘히 생각할 때마다 나타나는 그녀만의 특이한 버릇인가 보다. 그리고 그녀가 천천히 말했다.

"알았어. 그럼 혜림이가 눈을 꼭 감고 있을게. 그치만 빨리 불을 피워야 해!"

"그렇게 하마."

겨우 그녀의 고집을 꺾은 허민오는 사당 안으로 들어갔다.

허민오는 사람의 눈이 얼마나 우스운지 실감했다.

시간이 지남에 따라 흐릿하긴 하지만 사물들을 대충 알아볼 수 있었다. 문밖에서 보았을 땐 한 치 앞도 제대로 볼 수 없었는데…….

허민오가 서 있는 한쪽 벽에는 탁자 하나가 있었다. 보통 탁자보단 높이가 낮은 작은 제단(祭壇)이었다.

허민오가 제단을 힘껏 내려쳤다.

꽈앙!

참장(斬掌)의 위력은 놀라웠다. 단단한 오동나무로 만든 제단이 순식간에 박살났다.

그녀가 눈을 떴다. 하지만 그녀의 눈은 어둠에 익숙하지 않았다. 덜컥 겁이 난 그녀가 허민오의 목을 끌어안았다.

"무슨 소리야!"

찢어지는 듯한 그녀의 목소리가 사당 안을 맴돌았다.

허민오가 그녀의 등을 다독였다.

"땔감을 준비 중이다. 별것 아닌 일이니 안심하거라."

담담한 그의 음성에 혜림은 우선 안심했다. 그리고 사람이라면 누구나 그러하듯이 자신을 놀라게 한 상대에겐 화가 났다. 그녀의 두 눈이 허공을 둥둥 떠다니는 도깨비불처럼 시퍼렇게 타올랐다.

"이 씨, 혜림이를 놀라게 하지 마! 무섭단 말야! 또 그러면 아.무.리. 할.아.버.지.라.고. 해.도. 가.만. 안. 둘. 거.야."

떠듬거리고 말하는 걸 보니 그녀가 극도로 흥분한 모양이다.

허민오는 그녀의 작은 몸이 가늘게 떨리는 것을 느꼈다. 그는 그녀의 등을 몇 번 두드렸다.

"그래, 미안하구나."

시퍼런 도깨비불 두 개가 사라졌다. 그녀는 눈을 꼭 감았다. 그때까지도 그녀의 작은 몸은 떨리고 있었다.

허민오가 부서진 제단 조각을 줍기 시작했다.

작은 모닥불이 피워졌다.

허민오는 불을 조금 더 키우기 위해 큼지막한 제단 조각을 불 속에 던져 넣었다.

미약한 불꽃이 피어올랐다. 던져 넣은 제단 조각이 타 들어가는지 하얀 연기가 일어났다.

허민오는 매운 연기를 피해 고개를 옆으로 돌렸다. 모닥불과 꽤 멀찍이 떨어진 곳에 혜림이 앉아 있었다.

허민오는 말했다.

"춥지 않느냐? 이리 오너라."

"혜림이는 뜨거운 게 싫어."

그녀가 모닥불을 힐끔 쳐다보고 인상을 한껏 찡그렸다.

허민오는 그녀의 표정에서 보다 근원적인 두려움을 보았다. 그녀는 마치 짐승 같았다.

허민오는 그녀의 얼굴을 뚫어지게 쳐다보았다.

무언가 그녀에게 따뜻한 말이라도 해줘야 할 것 같았는데 막상 그녀에게 무슨 말을 해야 할지 알지 못했다.

그녀의 고개가 한쪽으로 기울었다.

"왜 그래요?"

말투가 변했다.

그녀는 자신을 빤히 쳐다보는 허민오의 눈이 부담스러웠다.

허민오가 빙그레 웃었다.

"너는 고루노괴의 오두막에 혼자 있었지 않느냐?"

"응!"

"그때는 무섭지 않았느냐?"

"응! 무서웠어. 그치만… 어디를 가도 혜림이랑 놀아줄 사람이 없었어."

그녀의 얼굴이 뿌루퉁해졌다.

잠시 후 그녀는 벽에 등을 기댔다.

"잘 거야. 혜림이는 졸려. 할아버지, 안녕히 주무세요."

고개를 까닥거린 그녀는 양 어깨를 축 늘어뜨렸다. 그녀는 더 이상 움직이지 않았다.

허민오는 혜림에게서 눈을 떼지 않았다.

처음 그녀와 오두막에서 만났을 때 보았던 그 모습이다. 다시 보아도 그녀는 실이 몽땅 끊어진 꼭두각시 인형 같았다. 그리고…

그녀의 얼굴 위로 손자 녀석의 얼굴이 겹친다.

허민오는 고개를 흔들었다. 그가 엉거주춤 일어서서 혜림에게 다가갔다.

그녀 앞에 앉은 허민오는 자신의 품속을 뒤졌다.

허민오가 파란색이 감도는 보자기를 꺼냈다. 무언가를 싼 것인지 보자기는 밑으로 축 처져 있었다.

허민오는 보자기를 풀었다.

보자기 위에는 세 가지 물건이 놓여 있었다.

하나는 나무를 깎아 만든 둥근 통이었다. 또 다른 하나는 흔히 약방(藥房)에서 볼 수 있는 가루로 된 약재를 납작하게 싸서 접어놓은 종이 같았다. 다른 점이 있다면 그 종이는 약간 붉은색으로 변해 있었다. 그리고 제법 큼지막한 붓이었다.

모두 허민오가 돈을 주고 산 물건들이다.

이름없는 주점에서 나온 허민오는 혜림을 안고 저잣거리로 갔다. 밤이라 그런지 사람들은 그녀에게 관심을 주지 않았다.

허민오는 둥근 통을 열고 납작하게 접힌 종이를 펼쳤다.

통 속에는 지분(脂粉) 가루가, 그리고 종이 위에는 입술이나 볼에 살짝 바르는 붉디붉은 연지(臙脂)가 있었다.

조심스레 그녀의 얼굴을 들어 올린 허민오는 붓을 들었다.

지분 가루를 잔뜩 묻힌 붓이 움직인다. 창백하다 못해 푸르스름한 그녀의 얼굴이 조금 변하고 있었다.

분칠을 끝내고 허민오는 침을 묻힌 새끼손가락으로 연지를 찍어 그녀의 입술에 발랐다.

화장을 다 마친 허민오는 쓴웃음을 지었다.

그녀의 얼굴은 허여멀건한 쌀가루를 덕지덕지 처바른 것 같았고 입술은 마치 쥐라도 잡아먹은 듯했다. 오히려 더욱 기괴한 모습이 되어버렸다.

그래도 조금쯤은 사람처럼 보이게 하고 싶었는데… 난생처음 해보는 화장이라 그런지 영 어색하다.

그리고 어디선가 바람이 들어오는지 등이 서늘했다.

제법 커진 모닥불이 흔들렸다.

사당의 문이 열린 것 같았다.

원래 이런 버려진 집들은 누군가 잠만 자는 데 사용되는 법이다. 대개가 빌어먹고 사는 비렁뱅이들이었다.

집을 뛰쳐나온 아이들도 있었다. 그들은 저희들끼리 모여 난잡하게 노는 걸 즐긴다. 그리고 이렇게 버려진 집은 사람들의 눈을 피하기에 좋았다.

어른이 되고 나면 누구나 할 수 있는 것들이다. 그런데 왜 지금 당장 해보려고 그렇게 발악들을 하는 것인지.

허민오가 돌아섰다.

만약 비렁뱅이라면 돈 몇 푼 쥐어주면 된다. 그리고 집 나온 아이들은 돌려보내는 게 나을 것이다. 그러나 문밖에 나타난 사람은 비렁뱅이가 아니었다. 집 나온 아이는 더 더욱 아니다.

허민오가 알고 있는 얼굴이었다.

이름없는 주점의 장방이다.

장방은 허민오의 눈을 피했다. 그리고 장방이 잠을 자고 있는 혜림을 가리켰다.

"저기 앉아 있는 저 계집아이입니다."

제3장

나는 노백(老伯)이라는 사람을 만난다

넷의 하나

7월 5일 새벽.

쓰윽!

목 뒤쪽을 파고든 얇은 예도(銳刀)가 목젖을 자르고 불쑥 튀어나왔다.

장방이 눈을 부릅떴다.

푸악!

시뻘건 피가 사방으로 튀었다.

빙글!

얇은 예도는 장방의 목을 따라 돌아갔다. 칼이 지나갈 때마다 목의 살점들은 허옇게 질려갔다.

칼이 장방의 목을 완전히 돌아 나가고,

툭……

장방의 머리는 바닥으로 굴러 떨어졌다.

너무나도 깨끗한 솜씨였다.

지켜보는 허민오는 할 말을 잃었다. 그리고 쓰러지는 장방의 몸뚱이 뒤에서 이제 겨우 스물이 갓 넘어 보이는 청년이 나타났다.

청년은 일체의 감정이 느껴지지 않는 유리알 같은 눈으로 허민오를 빤히 쳐다보고 있었다.

목소리 또한 그랬다.

"제 이름은 방지웅이라고 합니다."

청년 방지웅은 땀에 흠뻑 젖은 머리칼을 쓸어 넘겼다.

"찾는다고 애 좀 먹었습니다."

거짓말 같지는 않았다.

방지웅의 머리는 땀에 젖어 윤기가 흘렀다. 그리고 옷에는 흙먼지가 잔뜩 묻어 있었고 옷 매무새는 꽤 많이 흐트러졌다.

"오늘 밤에 노인께서 화장에 필요한 도구를 사 가시지 않았으면 못 찾을 뻔했습니다."

방지웅은 사당 안으로 걸어 들어왔다.

허민오는 방지웅의 손을 보고 있었다. 방지웅의 손에는 제법 긴 단봉(短棒)이 들려 있었다. 길쭉한 단봉 앞에는 단봉 길이만큼의 얇디얇은 칼날이 달렸다.

방지웅은 허민오의 궁금증을 풀어주듯이 약간 이상해 보이는 칼을 들었다.

딸깍.

기관이 작동하는 소리.

챙!

칼날이 단봉 속으로 쑥 들어갔다. 남은 건 휴대하기 간편한 단봉뿐이었다.

"조금 덥군요."

사당 안을 한번 빙 둘러보고 방지웅은 허민오를 바라보았다.

"노인을 찾는 분이 계십니다."

그제야 허민오는 가슴을 진정시켰다.

"누, 누가 말인가?"

하지만 떨리는 목소리는 어쩔 수 없었다.

방지웅이 말했다.

"저희들은 그분을 '노백(老伯:아버지의 친구. 친구의 아버지)'이라고 부르고 있습니다. 노인께서는 들어보신 적이 있습니까?"

"들어본 적 없네."

허민오가 딱 잘라 말했다.

방지웅은 허민오를 응시했다.

잠시 후 방지웅이 고개를 흔들었다.

"거짓말이군요. 노인의 눈이 흔들리고 있습니다."

"흠, 그래. 알고 있네."

허민오는 고개를 끄덕일 수밖에 없었다.

노백은 현재 사천 땅에서 가장 유명한 사람이었다. 그런 사람을 허민오가 모를 리 없었다.

"한데 사천 땅에서 가장 큰 세력을 지니고 있다는 그분이 나 같은 늙은이에게 무슨 볼일인가?"

허민오가 알고 있는 노백이라는 인물은 사천 땅의 밤을 지배한다고 알려진 사람이었다.

허민오는 그런 사람과 얽히고 싶지 않았던 것이다.

방자웅이 대답했다.

"뭐, 별일 아닙니다. 저녁에 주점에서 있었던 일 때문입니다."

"역시나……."

허민오의 안색이 무거워졌다.

이미 장방을 보고 짐작했던 일이다. 그러나 여전히 이해가 안 되는 부분이 있었다.

사람 몇이 죽었다.

물론 그것은 슬픈 일이다. 하지만 노백이라는 거물(巨物)이 표면적으로 나설 만한 일 같지는 않았다.

"정확하게 무슨 일인지 알려줄 순 없나?"

"저녁에 죽은 사람 중에 노백의 아드님이 끼어 있었습니다."

"그런……!"

허민오는 입을 다물었다.

그제야 그는 모든 일이 이해가 갔다. 장방이 그토록 불안해하던 것은 결코 자신이 준 돈이 많아서가 아니었다.

"하아……."

한숨을 길게 내쉰 허민오는 사당의 천장을 올려다보았다.

낡았다.

지붕에 얹은 짚단들이 썩어 구멍이 숭숭 뚫려 있었다. 그리고 그 구멍 속으로 보이는 초승달은 유난히 파리했다.

허민오의 머리 속으로 수십 개의 그림이 그려졌다.

하나같이 자신이 혜림을 안은 채 지붕을 뚫고 몸을 날리는 그런 영상들이었다. 그리고 자신의 몸놀림이라면 방자웅쯤은 간단하게 따돌릴 것이다.

확신이었다. 하지만······.

허민오는 이내 고개를 흔들었다.

상대는 노백이다.

여기서 무턱대고 도망친다면 추격을 각오해야만 한다. 그리고 그 추격은 아주 길고 지루할 것이다. 어쩌면 기린산에 도착하지 못할지도 모른다.

그것만은 막아야 했다.

"무슨 생각을 그렇게 골똘히 하십니까?"

방자웅이 물었다.

허민오의 대꾸는 심드렁했다.

"별거 아니라네. 그저 도망갈 길을 찾은 것뿐이지."

"그래서 지붕을 뚫고 도망치실 생각이었습니까?"

"처음엔 그럴 생각이었네."

방자웅이 고개를 한번 갸웃거렸다. 그가 이곳에서 처음으로 보여주는 감정 변화였다.

하지만 차가운 목소리만큼은 변화가 없었다.

"지금은 아니란 말씀이시군요."

허민오는 묵묵히 고개를 끄덕였다. 그는 노백을 만나기로 결심했다. 도주할 수 없다면 호랑이를 만나서 승부를 볼 수밖에. 상대가 거물 중에 거물인만큼 사정을 이야기한다면 상황이 달라질지도 모른다고 그는 생각하고 있었다.

허민오가 말했다.

"잠시 기다려 주게나. 저 아이를 데려가야 하지 않나?"

허민오는 의도적으로 옆으로 비껴 섰다. 등 뒤에서 잠을 자는 그녀를 보여주기 위해서였다.

방지웅이 픽 하고 건조하게 웃었다.

혜림의 화장한 얼굴이 우스꽝스러웠다. 하지만 모닥불의 불빛을 받아 일렁거리는 깡마른 그녀의 얼굴은 사이(邪異)한 귀기(鬼氣)가 감돌고 있었다. 그리고…

혜림이 문득 눈을 떴다.

그녀는 버릇처럼 두 눈을 몇 번 깜빡였다.

방지웅은 불쾌해졌다.

그녀를 보고 한순간, 그것도 아주 짧은 시간 동안 자신이 느낀 감정이 너무나도 낯설었다.

방지웅의 반응을 살피던 허민오는 돌아섰다.

"깼느냐?"

허민오가 빙그레 웃었다.

그녀는 고개를 끄덕였다.

"응! 시.끄.러.웠.는.걸."

허민오가 그녀의 앞에 쪼그려 앉았다. 그리고는 그녀의 머리를 약간 거칠게 쓰다듬었다.

"미안하구나."

"저. 오.빠.는. 누.구.야?"

그녀는 자신을 빤히 쳐다보는 방지웅을 가리켰다.

허민오는 방지웅을 돌아보았다. 자신도 오늘 처음 보는 사람이라 딱히 누구라고 소개할 만한 것이 아무것도 없었다.

방지웅과 그녀는 서로를 쳐다보고 있었다.

그녀는 유리알처럼 반짝이는 방지웅의 눈이 마음에 들지 않았다. 그녀가 조그만 입술을 열었다.

"오빠는 왜 혜림이를 그렇게 보는 거야? 혜림이는 무지하게 기분이 나빠."

토라진 그녀가 고개를 돌렸다. 그리고 그녀는 허민오에게 말했다.

"할아버지, 저 오빠가 할아버지를 괴롭힌 거야? 혜림이가 때려줄까?"

"그런 건 신경 쓰지 않아도 된단다. 그보다 우리는 지금 한 사람을 만나러 가야겠구나."

"그 사람이 누군데?"

"할아비는 그 사람을 한 번도 만나보지 못했다."

"그런데 왜 만나?"

그녀가 이해할 수 없다는 듯이 고개를 갸웃거렸다.

허민오는 말문이 탁 막혔다.

모든 건 그녀 탓이다. 그녀가 이름없는 주점에서 사람을 죽였기 때문이다.

허민오가 고개를 흔들었다.

아니다, 그녀의 탓으로 돌리기엔 이미 늦었다. 그리고 사람을 죽이지는 않았지만 그녀를 말리지 못한 책임은 자신에게 있었다.

허민오는 그녀를 타일렀다.

"자세한 이유는 말할 수 없지만 우리는 아무래도 그 사람을 만나야 할 것 같구나."

"음, 알았어."

잠시 생각한 그녀가 고개를 끄덕였다.

넷의 둘

민강(岷江) 위에는 심하게 요동 치는 나룻배 한 척이 떠 있었다.

뱃길이 험했다.

아니, 키를 잡고 있는 방지웅의 조타(操舵) 솜씨가 나쁜 것이다. 그래도 배는 빠른 속도로 강물을 따라 흘러갔다.

한참 후…

배는 나루터에 도착했다.

방지웅이 배에서 혼자 내렸다. 그리고 그는 나루터에 배를 단단히 묶기 시작했다.

혜림은 몽롱하게 풀린 눈으로 주위를 둘러보았다.

새까만 강물과 그 위에 떠 있는 파리한 초승달은 묘한 조화를 이루고 있었다.

아름다웠다.

너무나도 아름다워서 그대로 빨려들 것 같았다. 강물 속에 풍덩 뛰어들어 물장구라도 쳐대고 싶은 걸 꾹 눌러 참아야만 했다.

정말이지 한 폭의 그림 같은 밤의 풍경이었다.

"할아버지, 이상해."

혜림이 허민오의 옷자락을 잡아당겼다.

허민오는 주위를 둘러보았다. 그러나 딱히 이상한 점을 발견할 수 없었다.

"뭐가 말이냐?"

그녀가 미간을 찡그렸다.

"아까부터 자꾸 누가 강물로 끌어당기는 것 같아서 말이야."

"아마 너무 조용해서 그럴 것이다."

허민오가 손을 뻗어 그녀의 볼을 살짝 쓰다듬었다. 그리고 그는 나루터에 배를 단단히 묶고 있는 방지웅을 돌아보았다.

"이제 우리는 어디로 가면 되나?"

"저기입니다."

방지웅이 선착장 너머, 그러니까 창고들이 양쪽으로 길게 늘어서 있는 곳을 가리켰다. 꼭 햇빛도 제대로 들지 않는 어두운 골목의 안쪽 같았다.

길은 한가운데가 뻥 뚫려 있었다. 그리고 창고가 일렬로 늘어선 양쪽 길가에는 사람들이 길게 늘어섰다.

대부분이 사내들이었다. 간간이 짙은 화장을 하고 있는 여인들도 눈에 띄었다.

쥐 죽은 듯이 조용했다.

많은 사람들이 있었지만 누구 하나 입을 열지 않았다. 한마디로 장례식장 같은 숙연한 분위기였다.

사람들이 방지웅을 발견하고 일제히 고개를 숙였다.

허민오는 숨이 탁 막혔다.

그는 다시 한 번 '노백' 이라는 이름에 대해서 생각해 보았다.

족히 이백 명은 넘을 것 같은 이 사람들이 무슨 일 때문에 이렇게 창고 앞에 모여들었는지, 그것은 혜림을 노려보는 사람들의 싸늘한 눈빛만으로도 알 수 있었다.

하지만 곁에 있는 혜림은 다른 것 같았다. 오히려 이렇게 많은 사람들이 자신을 쳐다보는 게 신기한지 주위를 두리번거리고 있었다.

허민오는 저만치 앞서 걸어가는 방지웅을 힐끔 쳐다보았다.

그리고 허민오가 그녀의 손을 붙잡았다. 어차피 여기까지 온 이상 되돌아갈 수 없는 일이었다.

허민오는 그녀와 보조를 맞추듯이 되도록 천천히 걸었다.

쿵! 쿵! 쿵!

어두운 골목 같은 길을 뛰어가는 그녀의 발자국 소리는 묵직했다.

"여깁니다."

방지웅이 돌아섰다.

허민오는 방지웅의 뒤에 나타난 창고를 바라보았다.

그냥 낡고 허름한 평범한 창고였다. 이상하게 그 창고 앞에만 사람들이 하나도 없었다.

창고의 문은 찌든 때가 잔뜩 묻어 있었다. 그리고 손때가 찌들 대로 찌든 문을 보며 허민오는 고개를 갸웃거렸다. 사천 땅의 밤을 지배한다는 노백과 창고는 전혀 어울리지 않았다.

하지만 아무래도 좋았다.

방지웅이 문고리를 잡았다.

삐걱!

창고의 문이 열렸다.

그 순간 허민오는 코를 막았다. 썩은 생선에서나 맡을 수 있는 묘한 비린내가 확 끼쳤다.

피 냄새였다.

허민오가 그녀를 향해 돌아섰다.

혜림은 돌아선 허민오 때문에 창고 안을 볼 수가 없었다.

방지웅이 창고 안으로 들어갔다.

창고 안에 있는 사람의 수는 모두 여섯이었다. 하지만 말을 하고 들을 수 있는 사람은 단둘뿐이다.

한 사람은 뒤집어놓은 나무 상자 위에 앉아 있었고 다른 사람은 그의 뒤에 조용히 서 있었다.

노백과 그의 그림자인 늙은 개, 노구였다.

나무 상자 위에 가만히 앉아 있는 노백의 발 밑에는 시체 네 구가 나뒹굴었다. 시체라기보다 꼭 도축장에서 죽은 돼지 몇 마리를 보고 있는 것 같았다.

하나같이 머리는 형체도 알아보지 못할 정도로 짓뭉개지고 으스러진 갈비뼈가 간간이 살을 뚫고 튀어나왔다. 흘러내린 피는 벽을 물들이는 것도 모자라 바닥에 흥건히 고여 있었다.

한쪽 벽에는 커다란 쇠망치가 비스듬히 세워져 있다. 그리고 쇠망치에는 피가 잔뜩 묻었다.

방지웅은 죽은 자들이 누구인지 알 수 있었다.

오늘, 아니, 어제저녁까지만 해도 도련님을 지키던 자들이었다. 이름없는 주점에서 살아남은 네 명의 부상자들 말이다.

하지만 더 이상 방지웅이 신경 쓸 일이 아니다. 그들은 조금 과격한 처벌을 받은 것뿐이었다.

방지웅은 '살아 있는' 두 사람에게 허리를 숙였다.

"다녀왔습니다."

묵묵히 고개를 끄덕인 노백이 말했다.

"밖에 나가서 아이들을 해산시켜라. 그리고 이것들을 치울 인원 둘을 데려와라."

"지웅."

"네, 노백."

대답은 노백의 뒤에서 들려왔다.

방지웅은 노백의 뒤에 노구와 나란히 서 있었다.

"장방, 그놈의 시체는?"

"늘 하던 대로 집과 함께 태워 버렸습니다."

"음……."

노백은 그때까지 문밖에 서 있는 허민오에게 시선을 주었다.

허민오가 고개를 살짝 숙였다.

"노백이라는 이름은 들었소이다."

"유명하니까."

심드렁하게 대꾸한 노백이 다시 말했다.

"고루노괴, 그 영감과는 어떤 사이인지 묻겠다."

"……!"

허민오의 안색이 돌변했다.

"당신, 반응 읽기가 너무 쉽다. 내가 그 이름을 알고 있는 게 그렇게 놀랄 일은 아니라고 생각하는데……. 그런 괴물을 만들어낼 사람이 또 있는지 오히려 내가 묻고 싶다."

노백의 말에 허민오는 고개를 저었다.

"놀랐다고 하기보단 당황이 되는 거외다. 노백의 입에서 그 사람의 이름을 들을 줄은 꿈에도 생각 못했소이다. 어떻게 노백께서 그 사람을 아시는지?"

"그 영감이라……. 오래전에 한번 만나본 사이다. 그럼 내 질문에 대한 대답은?"

"그 사람은 한때 내 사형이었소."

"지금은 아니라는 말이군. 그것보다 당신들을 부른 이유는……."

노백은 허민오의 옆에 있는 혜림에게 시선을 주었다.

"난 저 아이에게 묻고 싶은 게 몇 가지 있다."

허민오는 혜림을 내려다보았다.

그녀는 이런 창고를 처음 보는 것 같았다. 창고가 마냥 신기한지 창고 안을 둘러보고 있었다. 그녀는 사천의 밤을 지배한다는 그런 무시무시한 사람도 관심이 없는 모양이다.

"아이야, 너는 내가 하는 말이 들리느냐?"

노백은 잠시 동안 그녀를 쳐다보다가 말했다.

그제야 그녀는 노백을 쳐다보았다. 그녀가 뿌루퉁해진 얼굴로 고개를 흔들었다.

"치잇! 혜림이는 귀머거리가 아니다 뭐……."

"그래, 난 너에게 몇 가지 물어볼 게 있다. 너는 그 질문에 대답해야만 한다."

"왜?"

"이유는 없다."

"음……."

그녀는 두어 번인가 눈을 깜빡거렸다.

"좋아!"

그녀가 고개를 끄덕였다.

잠시 후 노백이 물었다.

"네가 저녁나절에 주점에서 사람들을 죽였다고 들었다. 정말 네가 죽였느냐?"

"응!"

아무런 죄의식 없이 그녀는 고개를 끄덕였다.

"그치만 그 사람들이 나빴던 거잖아. 그 사람들은 혜림이를 아프게 했어."

"흠, 그래. 하지만 너는 그 사람 중에 내 아들이 있었다는 사실을 알고 있었느냐?"

"아저씨는 바보구나?"

그녀가 배시시 웃었다.

"혜림이는 그 사람들을 저녁에 처음 보았단 말야."

"네가 무슨 말을 하는지 모르겠다."

"처음 본 사람의 아빠가 누구인지 혜림이가 알 게 뭐야?"

그녀의 고개가 한쪽으로 약간 기울었다. 그리고 그녀는 노백을 쳐다보았다.

노백이 알겠다는 듯이 고개를 끄덕였다.

"그럼 한 가지만 더 물어보고 싶다."

"뭔데?"

"사람들의 말로는 네 몸이 좀 이상하다고 했다."

"응, 사실이야. 혜림이는 팔이 떨어져도 붙어. 아저씨한테도 보여줄까?"

혜림은 팔까지 흔들어 대며 말했다. 그러나 그녀의 표정이 이내 시무룩해졌다.

"그치만 혜림이는 팔이 왜 다시 붙는지 잘 모르겠어. 그래서 사람들이 혜림이한테 괴물이라고 손가락질하나 봐. 있잖아, 할아버지가 혜림이한테 그랬다. 혜림이는 이제 스스로 죽고 싶어도 못 죽는대. 그렇지, 할아버지?"

확인을 하듯이 그녀는 허민오를 올려다보았다.

허민오는 측은하다는 듯이 그녀 혜림을 내려다볼 뿐이다.

넷의 셋

창고 안은 조용했다.

노백은 여전히 나무 상자 위에 앉아 있고 노백의 그림자인 노구는 그의 옆모습을 쳐다보고 있었다.

노구는 생각했다.

늙으셨다.

그가 처음 노백을 만났을 때만 해도 노백은 아직 솜털도 안 벗겨진 애송이였다.

하지만 이제 노백도 어느새 중년이다. 저렇게 눈가에 깊숙한 주름이 잡히고 귀밑머리가 하얗게 새어간다.

그러고 보니 노백을 따라다닌 지도 벌써 삼십 년이나 되었다. 노구도 벌써 예순을 바라보는 나이에 이르렀다. 아침마다 몸이 찌뿌드드한 게 예전 같지 않았다.

흘러가는 세월만은 어쩔 수가 없나 보다.

"하나 물어봐도 되겠습니까?"

노구는 조심스레 말을 꺼냈다.

노백이 그를 돌아보았다.

"무엇이든……."

"도대체 무슨 일을 꾸미시는 겁니까?"

"나도 잘 모르겠다. 그런데 그건 왜 묻는 게냐?"

"마님 때문입니다."

노구의 얼굴에는 근심이 묻어 있었다. 그리고 그는 노백의 안색을 살폈다.

예상대로였다.

노백의 인상이 차갑게 식었다. 하지만 노백은 계속하라는 듯이 고개를 한번 끄덕였다.

노구는 안심했다.

지금처럼 노백이 차가운 표정으로 고개를 끄덕이는 것은 듣기에는 거슬리지만 억지로라도 들어본다는 뜻이다.

"마님을 잘 아시지 않습니까? 그분이 이번 일을 아신다면 노백에게도 피해가 갈 겁니다."

"그럴지도 모르겠다. 그래서……?"

"간단한 일입니다. 그들은 도련님을 죽였습니다. 마땅히 그들도 죽여야 한다고 생각합니다. 언제나 그렇게 해오셨지 않습니까? 그게 '우리' 들의 방식입니다. 설마하니 노백께서는 도련님이 친아들이 아니라고……."

"그만!"

노백은 손을 들어 노구의 말을 잘라내고 말했다.

"노구, 넌 하나 착각하는 게 있다."

"무엇입니까?"

"내가 누구냐?"

"노백이십니다."

"그래, 잘 알고 있구나."

"네."

"나는 네가 무엇을 걱정하는지 잘 알고 있다. 그래, 그 여자, 내 마누라지만 너무 똑똑한 여자다. 네 말대로 내가 위험해질 수도 있다. 하지만 잊지 말길 바란다. 노백은 나. 결성은 늘 내가 한다."

노구는 아무런 말도 할 수 없었다.

그렇다. 노백께서 결정하신 일이다.

노백이 힘주어 말했다.

"나는 내가 결정한 일은 한 번도 뒤집은 일이 없다. 그것이 내가 살아온 방식이다."

노구는 고개를 끄덕였다.

알 것도 같았다. 노구가 알고 있는 노백 남두현은 자신이 살아온 세월에 대한 긍지가 남다른 사람이었다.

태어날 때부터 남두현의 집안은 똥구멍이 찢어질 정도로 가난했다.

아버지는 없었다. 그리고 남두현은 자신의 아버지가 누구인지도 알지 못했다.

어머니는 창녀였다.

남두현이 커감에 따라 어머니는 늙어갔다. 늙은 어머니는 남자들에게 인기가 떨어졌다. 그리고 어머니는 병이 들어 있었다. 지독한 성병(性病)이었다.

남두현은 돈을 벌어야 했다. 그는 노역(勞役)을 해서라도 돈을 벌겠다고 집을 나섰다.

다행히 남두현은 도축장에서 짐꾼 노릇을 할 수가 있었다. 그는 정말 열심히 일했다.

며칠이 지났다.

드디어 돈 받는 날이 돌아왔다.

그날은 일찌감치 일이 끝났다.

도축장의 주인이 돈을 꺼내 인부들에게 나누어 주었다. 도축장의 주인은 남두현에게 그동안 수고했다고 머리까지 쓰다듬어 주었다. 그리고 주인은 다음에 일이 있으면 다시 부르겠다고 했다.

기분 좋게 돈을 받고 나오는 길에 이상한 패거리와 만났다.

모두 다섯 명이었다.

그들은 하나같이 건장한 사내들이었다. 그들 가운데에서 한쪽 다리를 건들거리고 서 있던 한 사내가 남두현에게 손을 내밀었다. 그 사내의 말은 간단했다.

노역으로 벌어들인 돈의 삼 할을 달라고 했다. 그리고 사내는 관례라는 말을 덧붙였다. 하나 남두현은 사내에게 돈을 줄 수 없었다. 어머니의 약값이었다.

완강히 거부하는 남두현을 향해 사내는 발을 뻗었다. 사내의 발은 정확하게 남두현의 급소를 걷어찼다.

남두현은 급소를 움켜쥐고 주저앉았다.

그 뒤에 사내들은 이 노백을 짓밟기 시작했다.

남두현은 기어서 자기 집으로 돌아갔다. 그러나 약을 기다리던 어머니는 죽어 있었다. 평생 동안 귀찮게만 느껴지던 어머니였지만 죽어 있는 모습을 보자 눈물이 쏟아졌다.

남두현은 돈을 빼앗아간 그들을 용서할 수가 없었다.

그렇다고 무턱대고 싸움을 걸 수는 없었다. 남두현은 자신도 패거리가 필요하다는 사실을 절실히 깨달았다.

남두현은 사람들을 모으기 시작했다.

사람들을 모으는 건 의외로 쉬웠다. 동네 건달들이 그에게 도움을 주겠다고 나섰다. 원래부터 머리 속은 텅 빈 건달 놈들이 말도 안 되는 의리를 찾는 법이다.

남두현은 동네에서만큼은 유명한 싸움꾼이었다. 어릴 때부터 동네 싸움꾼들과는 주먹다짐을 몇 차례씩 하다 보니 그들과는 안면이 있었던 것이다.

남두현은 자신의 몸이 낫길 기다렸다.

그는 자신에게 돈을 빼앗아간 '그들'을 주시했다. 그러나 알고 보니 그들은 단지 하수인에 지나지 않았다. 그들 뒤에는 하나의 집단이 있었다.

편의상 남두현은 그 집단을 '짐꾼 패거리'라고 부른다. 그리고 남두현은 몇 가지 사실을 더 알아냈다.

짐꾼 패거리는 한 달에 한 번씩 기루에 들러 술을 마셨다. 그리고 패거리들은 자신들의 두목을 '노백'이라고 불렀다. 노백을 지키는 사람들은 모두 네 명이라는 것도 알았다.

남두현은 짐꾼 패거리가 한 달에 한 번씩 기루에 들르는 날을 목표일로 잡았다.

그날이 왔다.

남두현과 동네 싸움꾼들은 숨을 죽이고 기다렸다.

밤은 깊었다.

짐꾼 패거리는 거나하게 취해 비틀거리며 기루를 나섰다.

남두현과 싸움꾼들은 그들에게 달려들었다. 그들의 목표는 짐꾼 패거리들의 노백이었다.

짐꾼 패거리들이 모두 달려들어 노백을 보호했다. 하나 짐꾼 패거리들은 남두현과 싸움꾼들의 기세에 눌려 노백을 빼앗겼다.

남두현은 노백을 단칼에 죽였다.

그리고 남두현은 자신이 노백이 되었다.

그날 이후 그런 일들이 빈번하게 이루어졌다.

어느 날은 미장이들의 노백이 죽었고, 또 다른 날에는 목공들의 노백이 죽었다.

가끔은 말이다,

노백들의 주변에는 강한 무공을 익힌 무림인들도 있었다.

남두현은 그런 사람들과 만났을 때가 제일 두려웠다.

그들은 이제껏 상대해 오던 무사 나부랭이들과는 전혀 달랐다. 당연히 그들과 대결하면 남두현은 상처를 입었다. 어떤 날은 숨을 쉴 수 없을 정도로 당했던 적도 있었다.

하나 남두현은 살아남았다. 그리고 남두현은 생명의 위기를 겪을 때마다 생각했다.

이를 악물고 부르짖었다.

─두 번 다시는 안 진다!

남두현은 노력했다. 밑의 수하에게 머리를 숙이면서까지 그들을 상대할 방법을 배웠다. 그는 그렇게 삶과 죽음을 넘나드는 와중에 무공의 기초를 배워 나갔다.

남두현은 강해졌다. 그는 그들을 하나씩 물리쳤다. 그들을 물리칠 때마다 남두현을 따르는 패거리는 늘어만 갔다.

이제 와서 생각해 보면 그런 사람들과 싸움을 한 것은 일생일대의 행운이었다. 바로 그들이 있었기에 오늘날의 남두현이 존재하는 것이다.

어쨌든 사천 땅에는 노백이 하나 남게 되었다. 그리고 그 노백이 바로 남두현이었다.

그렇게 몇 년이 흘렀다.

그동안 남두현이 한 일은 많았다. 가뭄이 들어 농작물들이 바짝 말라가면 빈민들에게 쌀을 나누어 줬다. 장마철에 폭우가 쏟아져 빈민들의 집이 침수되면 그들의 집을 마련해 주었다. 그리고 빈민들이 부탁을 해오면 반드시 들어주었다. 어떠한 일이든지…….

남두현이 나서면 안 되는 일이 없었다.

빈민들이 노백을 대하는 태도가 남다를 수밖에 없었다. 그 덕분에 어느새 남두현은 성도부의 유지 중에 한 사람이 되어 있었다.

노백이 자리에서 일어났다.

그가 일어서는 것을 본 노구는 창고의 문으로 달려갔다.

삐걱.

문이 열렸다.

차가운 새벽 바람이 두 사람의 몸을 훑고 지나갔다.

노구는 한쪽 옆으로 물러섰다.

문을 향해 걸어가던 노백이 문 앞에서 멈춰 섰다. 그리고 노백은 말했다.

"우리 둘, 정말 이상한 인연이지? 우리가 처음 만난 '그때' 말이다. 네가 나에게 돈을 요구하지 않았다면 난 지금 어찌 되었을까?"

노구가 불쑥 물었다.

"그때 절 왜 살려주셨습니까?"

항상 궁금하게 여기는 문제였다. 그동안 노백에게 수도 없이 물어보기도 했다. 그러나 이번에도 노백은 대답하지 않았다. 그는 자신이 하고 싶은 말을 했을 뿐이다.

"나는 오늘날 여기까지 오지 못했을 거다."

넷의 넷

큰 침상 하나만 덩그렇게 놓여 있는 창고 안은 어두웠다.

하지만 판자와 판자를 이어놓은 가는 틈 사이로 햇살이 비집고 들어왔다. 그 때문에 주위 사물을 선명하게 알아볼 수 있었다.

어느새 아침인가 보다.

허민오는 문에 등을 기대고 서 있었다. 그리고 그는 침상 위에서 잠을 자는 혜림을 바라보았다.

허민오는 노백과 헤어진 후로 한숨도 못 잤다.

뭐라고 말을 해야 좋을까.

몸은 피곤하지만 잠이 오지 않는다?

그래, 그런 말이 딱 정확했다.

노백이라는 사람은 무슨 일을 꾸미고 있는지······.

그런 생각이 머리 속을 떠나지 않았다. 허민오는 도무지 노백의 생각을 읽을 수가 없었다.

그건 지금도 마찬가지다.

허민오가 고개를 흔들었다.

잠시 후, 허민오는 돌아서서 문을 두드렸다.

"무슨 일입니까?"

문이 열리고 창고를 지키는 덩치 큰 사내가 물어왔다.

허민오가 말했다.

"노백을 만나고 싶은데······."

"따라오십시오."

덩치 큰 사내가 돌아섰다.

창고를 나서기 전에 허민오가 침상 위를 한번 돌아보았다. 그녀는 아직 잠을 자고 있었다.

허민오의 짐작과는 달리 혜림은 잠을 자지 않았다. 그저 꼼짝하지 않은 채 아무런 말도 하지 않은 것뿐이다.

그녀는 모든 것을 보고 있었다. 할아버지가 문에 기대어서 있는 것도, 문을 두드리는 것도, 노백 아저씨를 만나겠다고 말하는 것도, 그리고 할아버지가 문을 반쯤 열어놓고 나가는 것까지 다 보았다.

반쯤 열려진 문틈으로 넓은 공터가 보인다.

그녀는 공터를 가만히 응시했다. 공터에는 아무도 없었다. 그리고 공터의 군데군데에는 주춧돌이 올려졌고 한쪽에는 커다란 통나무들이 잔뜩 쌓여 있었다.

집을 지으려나 보다.

공터를 쳐다보는 그녀가 웃었다.

매일 밤이면 꿈에 나타나는 집, 그러니까 오래전에 그녀가 살던 집 앞에도 저런 공터가 하나 있었다.

'아빠'는 거기다가 집을 짓는다고 했다. 그 공터에도 주춧돌이 있었고 통나무들이 있었다.

그녀는 매일 공터에서 놀았다. 언제나 그녀는 혼자였다.

어떤 날은 그림을 그렸다. 그 넓은 공터가 전부 그녀의 그림으로 채워졌다. 아무런 뜻도, 형식도 없는 그림이었다. 오직 그녀만 알아보는 그런 그림 말이다.

다른 날에는 흙집을 만들었다. 그녀는 흙집을 다 만들면 그 흙집을 부숴 버렸다.

그녀가 흙집을 다시 만들었다. 그렇게 몇 번을 반복하면 어느새 하루 해가 떨어진다.

어둠이 몰려오면 집 쪽에서 여인이 나왔다.

여인은 공터를 둘러보았다. 그리고 그녀를 발견한 여인이 환하게 웃었다.

"저녁 먹어야지……."

여인의 목소리는 나긋나긋했다.

혜림은 여인을 발견하고 달려간다.

여인은 달려오는 그녀를 꼭 끌어안았다.

혜림은 여인의 가슴에 얼굴을 묻었다. 여인의 몸에서는 좋은 냄새가 나고 있었다.

상큼한 장미 냄새였다.

엄마…….

어느새 현실로 돌아온 혜림은 눈을 꼭 감았다.

그리운 얼굴이었다. 그러나 엄마는 이제 만날 수 없다. 죽어버린 사람은 두 번 다시 만날 수가 없는 법이다.

혜림은 눈을 살며시 떴다. 그리고 그녀는 미간을 찌푸렸다.

창고가 갑자기 어두워졌고 공터는 보이지 않았다. 반쯤 열린 미닫이 문 앞에는 누군가 서 있었다.

그녀는 그 사람을 알고 있었다.

건들건들거리는 걸음걸이로 창고 안으로 들어와 주위를 두리번거리는 사람은 노구였다.

흥미가 떨어진 혜림이 다시 눈을 감았다.

뿌드득!

노구의 눈앞에서 혜림의 머리가 돌아갔다. 그리고 노구는 그녀의 얼굴을 잡고 있는 양손을 놓았다.

반쯤 몸을 일으킨 그녀가 침상에 다시 드러눕자 침상이 크게 출렁거렸다.

노구는 침상 옆에 주저앉았다.

역시 사람을 죽일 때는 야릇한 흥분이 일어난다. 하지만 죽이고 나면 이렇게 다리의 힘이 풀려 버린다.

하지만 이것으로 모든 것이 끝이 난 것이다.

이제 남은 일은 두 가지.

하나는 지금 당장 '마님'을 찾아가서 자신이 도련님의 원수를 갚았다고 말하는 것이다. 그리고 다른 하나는 노백의 명령을 어긴 것에 대한 벌을 받아야만 한다.

그러나 어쩔 수 없는 선택이었다.

노구가 가장 걱정하는 것은 노백의 안전이다.

요즘은 조직 내에 이상한 기운이 감돌고 있었다. 마님을 따르는 아이들이 너무나 많았다. 이러다간 조직이 둘로 갈라질지도 모른다. 노백께서 어떻게 만든 조직인데…….

노구는 고개를 흔들고 일어섰다.

그때였다.

"누.구.야? 누.가. 혜.림.이.를. 이렇게 한 거야?"

"……!"

엉거주춤한 자세로 위를 올려다본 노구는 눈을 부릅떴다.

그녀가 일어서 있었다. 봉곳한 가슴 위로 보이는 그녀의 뒤통수는 마치 축 늘어뜨린 머리카락으로 얼굴을 완전히 가려놓은 것 같았다.

뿌득!

그녀가 머리를 바로했다.

노구는 하마터면 심장이 멎는 줄 알았다. 두 눈을 허옇게 까뒤집은 그녀가 침상에서 뛰어내렸다.

쿵!

창고가 전체적으로 흔들리는 느낌이었다. 그리고 그녀가 노구를 향해 다가갔다.

제4장
나는 화가 났다

셋의 하나

7월 5일 아침.

휙!

노구가 혜림을 향해 몸을 던졌다.

그때까지도 노구는 수하들의 말을 믿지 않고 있었다. 이 세상에는 상식으론 도저히 이해가 안 되는 사람도 있는 법이다. 그녀의 목이 완전히 돌아가는 것도 다만 그녀의 몸이 의외로 유연한 것이라고 생각했다.

하지만 이번에야말로…….

그런 생각으로 노구가 주먹을 뻗었다. '악마의 손'이라고 불리는 심의권(心意拳)이었다.

꽈앙!

폭음이 터졌다.

노구의 주먹은 정확하게 그녀의 아랫배 깊숙이 꽂혔다. 그리고 노구는 자신의 몸에 기대오는 그녀를 보고 웃을 수 있었다.

그때였다.

그녀가 양팔을 있는 대로 활짝 벌리더니 노구를 덥석 끌어안았다.

"아파······."

그녀는 말을 이었다.

"그치만 혜.림.이.는. 죽.지. 않.아."

노구의 얼굴에서 웃음이 사라졌다.

혜림이 머리를 들었다.

끼끼끽······.

머리를 들어 올리는 그녀의 모습은 꼭 실을 매단 인형이 목을 움직이는 것 같았다.

그녀는 노구보다 머리 하나는 작았다.

하지만 고개를 한껏 뒤로 젖혔기 때문에 그녀의 눈은 노구를 올려다보는 게 아니라 내려다보고 있었다.

노구는 그녀의 손에서 벗어나기 위해 몸을 크게 뒤틀었다.

그 순간 그녀의 단단한 머리가 그대로 맹렬하게 노구의 얼굴을 들이받았다.

콰직!

노구는 콧날이 움푹 꺼지고 두 눈알이 툭 튀어나온 채 몸을 크게 휘청거렸다.

그녀가 노구의 얼굴을 향해 손을 뻗었다.

푹!

그녀의 손가락이 노구의 눈을 찔렀다. 그리고 그녀는 자신의 손가락에 관통당한 노구의 눈을 파냈다.

"끄아아악!"

노구는 비명을 질렀다. 눈두덩이 그대로 뜯겨져 나가는 고통 때문에 노구는 정신을 잃어갔다. 그러나 노구는 정신을 잃기는커녕 남은 한쪽 눈을 부릅떠야 했다.

혜림의 손 위에는 물컹한 물체가 있었다. 노구의 눈알이었다.

아주 잠깐 동안 그녀의 눈이 몽롱하게 변했다.

노구는 몸을 사시나무 떨듯이 떨었다. 그는 눈앞에서 이런 일을 보게 될 줄은 꿈에도 몰랐다.

그녀가 눈알을 들고 있는 손을 입으로 가져갔다.

"와득!"

그녀는 눈알을 반쯤 베어 물었다.

잠시 후 그녀가 미간을 찌푸렸다. 맛이 없는지 그녀는 씹고 있던 눈알을 뱉었다.

반쯤 남은 눈알이 땅바닥에 떨어졌다. 그리고 반쯤 남은 눈알은 그녀의 손 위에 있었다.

노구는 떨고 있었다.

턱뼈가 부서진 고통, 그리고 눈알이 빠져 버린 아픔 따위는 이제 노구의 머리 속에는 없었다.

그저 무서웠다.

노구는 미칠 것만 같았다. 그리고 살고 싶다는 생각도 들지 않았다.

그녀가 주먹을 꽉 쥐었다.

퍼억!

반쯤 남은 눈알이 터졌다.

그녀가 노구의 얼굴을 향해 주먹을 뻗었다.

꽝!

노구의 얼굴에서 피가 터졌다. 그리고 그녀의 작은 손은 노구의 뒤통수를 뚫고 튀어나왔다.

후드득!

나무처럼 딱딱한 그녀의 팔을 타고 핏물이 바닥으로 떨어졌다.

제정신을 차린 혜림은 노구의 시신을 내려다보고 있었다.

끔찍했다.

혜림이 몸을 한차례 부르르 떨었다.

그녀가 돌아섰다. 반쯤 열린 창고의 문이 보인다.

"할.아.버.지……."

그녀는 반쯤 열린 문을 향해 콩콩 뛰어갔다.

그 문을 나서는 허민오의 뒷모습이 생각났다. 왠지 모르게 밖으로 나간 허민오가 영원히 돌아오지 않을 것 같았다.

막 그녀가 문밖으로 나서려고 할 때였다.

창고 문 앞에 한 사람이 서 있었다.

그녀가 처음 보는 사람이었다. 그자는 우람한 근육을 자랑이라도 하듯이 웃통을 벗었다. 그리고 그자는 어깨에 커다란 쇠망치를 짊어지고 문을 가로막고 있었다.

"비켜! 혜림이는 할아버지한테 갈 거야!"

그녀가 그자를 쳐다보았다.

그자는 대답하지 않았다. 대신에 그자는 씽긋 웃음을 짓더니 어깨에 짊어진 커다란 쇠망치를 두 손으로 단단히 붙잡았다.

휘잉!

머리통만한 쇠뭉치가 벼락처럼 떨어졌다.

꽈앙!

커다란 망치는 그녀의 머리를 사정없이 짓이겼다.

그녀의 목에서 덜컥 하며 요란한 소리가 나고 머리는 숙여졌다가 다시 올라갔다.

빙글!

망치가 방향을 틀었다.

이번에는 그녀의 얼굴을 노리고 날아왔다. 피하고 자시고 할 것도 없었다.

꽝!

무엇이 어찌 된 영문인지 알기도 전에 그녀의 작은 몸은 벽 쪽으로 나가떨어지고 있었다.

얼굴이 완전히 부서지는 충격이었다.

그녀가 바닥에 벌렁 드러누웠다.

한동안 그녀는 입을 쩍 벌리고 창고의 천장만 멍하니 쳐다보았다. 턱이 빠진 건지 입이 다물어지지 않았다.

그녀가 인상을 쓰고 입을 다물었다.

뿌득!

빠진 턱뼈가 제자리를 찾았다. 그리고 그녀가 통나무를 들어 올리는 것처럼 상반신을 뻣뻣이 일으켜 세우고 앉았다.

그녀는 우람한 근육을 자랑하는 괴인을 노려보았다. 그녀의 두 눈이 새파랗게 타올랐다.

"이 씨, 혜림이 화났어! 때려줄 거야!"

그녀는 한 자도 틀리지 않고 또박또박 말했다.

그녀의 오른쪽 어깨가 올라갔다. 그 다음은 반대쪽 어깨, 그리고 머리를 들어 올리며 그녀는 일어섰다.

셋의 둘

허민오는 떨떠름한 표정으로 노백을 보고 있었다.

하지만 노백은 허민오를 쳐다보지 않았다.

노백은 땅바닥에 내려놓은 커다란 대접에다 싸구려 화주(火酒)를 잔뜩 부었다. 독한 술 냄새가 코를 찔렀다.

노백은 매일 아침이면 이렇게 술을 먹어야만 했다. 그래야만 깊은 잠을 잘 수가 있었다.

아침은 노백에게 특별한 의미를 갖는다. 자신이 아직은 살아 있다는 생각을 가질 수 있게 만드는 그런 시간이었다.

노백이 되고 무공을 배웠다. 그리고 조직을 결성하고, 다른 세력을 치고, 쳐들어오는 세력들은 필사적으로 막았다. 정신없이 칼을 휘두르다 보면 싸움은 멈춰져 있었다.

그 시각이 아침이었다.

동료들의 시체는 널브러져 있었고 자신도 상처를 입었다. 하지만 상처 따위야 아무래도 좋았다.

자신은 살아남았으니까.

그리고 살아남은 동료들이 있었다. 그들을 부둥켜안고 울고 웃다 보면 더 이상 바랄 게 없었다.

아니, 한잔의 술이 생각났다.

동료들도 마찬가지였다.

어차피 힘만 센 무식한 놈들이다. 조그만 잔으로 술을 마시는 건 그들과 어울리지 않았다. 그래서 땅바닥에 퍼질러 앉아 대접에 가득 부은 독한 술을 마셔대기 시작했다.

몇 년 전까지만 해도 노백과 술을 마시는 사람들이 꽤 있었다. 그러나 지금은 노백 혼자였다.

그러니까 이 나루터의 패권(覇權)을 움켜쥐고 통행세를 받아 챙기던 비응당(飛鷹堂)이라는 큰 세력과의 싸움이 끝났을 때였을 것이다.

그 싸움을 끝으로 사천 땅의 밤은 조용해졌다.

하지만 그 싸움 때문에 노백은 쓸쓸해졌다. 그때부터 노백은 아침마다 이렇게 혼자서 술을 마셔야 했다.

노백은 대접에 가득 부어진 술을 내려다보았다.

이제는 노백도 건강을 생각해야 하는 나이다. 이렇게 많은 술은 마시면 몸에 무리가 가는 것은 당연했다. 요즘은 잠을 자다 깨어나면 속이 쓰리고 신물이 넘어오기 일쑤였다.

그러나 스무 해를 넘게 해온 일이었다. 오랜 습관을 바꾼다는 것은 보통 힘든 일이 아니었다.

노백은 대접을 들고 입으로 가져갔다.

"꿀꺽꿀꺽……."

목 전체가 화끈거렸다. 그러나 어떤 사람의 말처럼 술은 술술 잘 넘어갔다.

"나는……."

노백의 입에서 대접이 떨어지길 기다린 허민오가 말을 이었다.

"늙었지만 바보는 아니오."

노백은 고개를 한번 갸웃거리고 대접을 땅바닥에 내려놓았다. 그리고 그는 말했다.

"나는 당신이 무슨 소리를 하는지 도통 모르겠다."

"하아……."

한숨을 길게 내쉬고 허민오가 말했다.

"도대체 무슨 일을 꾸미시는 거요? 대체 무엇을 꾸미고 계시기에 그 아이가 필요한 거요? 하아, 설마하니 노백께서는 자신을 살아 있는 부처라고 말하고 싶은 거요?"

"……?"

"그래서 자식을 죽인 그 아이에게 아무런 짓도 하지 않은 거요? 그건 아닐 것 아니오?"

노백은 침묵했다. 그는 허민오의 두 눈을 지그시 바라보고 있었다.

잠시 후 노백이 입을 열었다.

"만약……."

노백은 생각을 정리하기 위해 말을 길게 끌었다. 그러나 그는 다음 말을 집어삼켜야만 했다.

"할—아—버—지!"

찢어지는 듯한 혜림의 목소리였다.

허민오는 어리둥절한 눈빛으로 노백을 쳐다보았다. 자신이 잘못 들은 게 아닌지 확인하기 위해서였다.

하지만 잘못 들은 게 아닌가 보다. 하기야 혜림이 있는 곳은 두 개의 창고를 건너 세 번째 있는 창고였다. 그리고 노백이 확인을 시켜주고 있었다.

노백이 고개를 짧게 한 번 끄덕였다.

허민오가 돌아섰다. 그는 눈앞에 있는 문을 열고 냅다 달리기 시작했다.

노백은 그의 뒷모습을 보다가 고개를 흔들었다. 숨 한 번 크게 내쉴 시간이 지났을 뿐인데 허민오의 뒷등은 보이지 않았다. 단순히 빠른 정도가 아니었다.

노백이 자리에서 일어났다.

창고의 문 앞이었다.

주위를 두리번거리던 혜림이 허민오를 발견했다.

투정을 부리듯이 그녀가 말했다.

"왜 이제야 오는 거야!"

"미안하구나. 그래, 무슨 일⋯⋯."

혜림의 몸을 한번 쓱 훑어보던 허민오의 눈길이 그녀의 오른손에서 멈추었다.

피⋯⋯.

그녀의 손에서는 검붉은, 아직 채 굳지 않은 피가 뚝뚝 떨어지고 있었다.

허민오는 그녀의 얼굴을 쳐다보았다. 멍 자국이 군데군데 보였다. 둔기에 얻어맞은 흔적이었다.

그는 재빨리 창고 안으로 들어갔다. 그리고 허민오는 그대로 할 말을 잃었다.

창고 안은 모든 게 변해 있었다.

덩그렇게 놓여 있던 침상이 뒤집혀져 있었다.

뒤집힌 침상 밑에는 사람 하나가 깔려 있었다. 죽은 자의 손에는 커다란 쇠망치가 쥐어져 있었다. 무거운 침상이 배를 짓누르고 있기 때문인지 그자의 입에서는 무언가가 끊임없이 꾸역꾸역 흘러나왔다.

죽어 있는 사람은 그자뿐만이 아니었다.

또 한 사람은 구겨진 휴지처럼 구석에 처박혀 있었다. 그자는 얼굴에 구멍이 뻥 뚫려서 죽어 있었다.

허민오가 관심을 가진 것은 사람들의 시신이 아니었다.

얼굴이 뻥 뚫려 죽은 사람 옆에 반숙(半熟)으로 조리된 달걀처럼 연약해 보이는 물체였다.

이상하게도 그 물체가 허민오의 시선을 잡아끌었다.

허민오가 쪼그려 앉았다. 손을 뻗어 만져 보니 물컹거리는 것이 기분이 좋지 않았다.

한참을 보고 나서야 그 물컹거리는 물체가 사람의 눈알이라는 사실을 알 수 있었다.

하지만 허민오는 눈알을, 그것도 반쯤 남은 눈알을 가만히 보고 있을 정도로 비위가 좋지 않았다.

허만오는 고개를 돌리고 허리를 조금 더 숙였다. 그가 헛구역질을 해댔다.

잠시 후 허민오가 고개를 들었다.

활짝 열린 문 앞에는 혜림이 그를 물끄러미 보고 있었다.

두 사람의 눈이 부딪쳤다.

문득 허민오가 몸을 부르르 떨었다.

설마 그녀가……?

아니길 바라면서 허민오가 물었다.

"이것… 네가 그런 거냐?"

"응!"

"누, 눈알을 씹었단 말이냐? 왜?"

"몰라."

그녀가 고개를 가로저었다.

"그치만 그때는 말랑말랑한 게 맛있어 보였어."

"하아…….."

허민오는 앞이 깜깜해지는 기분이었다.

현기증까지 밀려왔다. 단지 맛있어 보여서 눈알을 씹었다고 당당히 말하는 그녀…….

그녀가 더 이상 사람으로 보이지 않았다. 사람이라면 누구나 가지고 있어야 하는 옳고 그름을 판단하는 기준이 그녀에겐 없었다.

완전한 괴물.

그래, 지금 그녀의 모습은 고루노괴와 사부가 그토록 바랬던 완전한 괴물이었다.

"노구(老狗)……?"

허민오가 제정신을 차릴 수 있었던 것은 노백의 목소리가 들렸기 때문이었다.

허민오는 혜림의 뒤쪽을 쳐다보았다.

노백은 노구의 시체를 쳐다보고 있었다.

죽은 노구는 노백의 그림자다. 그리고 언제나 노백의 뒤에 서 있는 친구였다. 당연히 슬퍼하고 눈물이라도 흘려야 했다. 하다못해 향이라도 하나 피워 노구의 영혼을 위로해 줘야 마땅했다.

하나 노백은 향 '따위'는 피우지 않았다. 그는 단지 가볍게 고개를 끄덕이는 것으로 모든 말을 대신했다.

다른 이유는 전혀 없었다.

사천 땅의 노백 남두현이 바로 자신이기 때문이다. 겨우 수하 하나를 잃은 것 때문에 약한 모습을 보일 수는 없었다.

하지만 노백도 사람이다. 눈가에 뿌연 습기가 차 오르고 눈앞이 흐릿해지는 것만은 어쩔 수가 없었다.

"문을 닫아라."

말과 함께 노백은 돌아섰다.

하지만 등 뒤에선 아무런 소리도 들리지 않았다.

"빨리 닫아라. 당신이 아무리 고수라고 해도 수십 명을 당해낼 수는 없을 것이다. 내 아들이 죽었다. 그리고 이번엔 노구가 죽었다. 다른 사람이 보면 당신은 여기서 걸어나가지 못하게 된다."

노백은 재촉했다.

드르륵!

미닫이문이 닫히는 소리가 들려왔다.

한동안 노백은 하늘을 올려다보고 있었다.

노백이 지금 무슨 생각을 하는지 그의 등 뒤에서 혜림를 안고 서 있는 허민오는 알지 못했다.

시선을 여전히 하늘에 두고 있던 노백이 입을 열었다.

"당신, 아까 나에게 무엇을 꾸미는지 물었나?"

"말해 주시겠소?"

"나는 내 마누라의 목을 원한다."

그렇게 말하는 노백의 목소리는 차고 단단했다. 그리고 노백은 다시 돌아섰다.

허민오는 눈을 부릅뜨고 있었다. 방금 그 말이 진심이냐는 듯이, 혹은 자신이 잘못 들은 게 아니냐는 듯이 노백을 바라보았다.

노백이 고개를 끄덕였다.

"나는 이날 이때까지 농담은 해본 적이 없다. 다시 한 번 말한다. 나는 내 마누라의 목을 원한다."

허민오는 눈앞의 이 사람이 미쳤다고 생각했다. 아무리 등을 돌리면 남남이 되는 사이가 부부라고들 하지만 그래도 일단은 자신의 부인이 아닌가.

노백이 웃었다.

"당신의 표정은 읽기가 너무 쉽다. 놀라운가?"

"보통 사람이었다면 그런 말은 하지 않을 것이외다. 어떻게 자신의 부인을 죽여달라고 남에게 부탁한단 말이오?"

"하지만 나는 많이 생각하고 내린 결정이다."

"그렇겠지요."

허민오가 묵묵히 고개를 끄덕일 수밖에 없었다. 부부 사이의 일은 당사자 말고는 아무도 모르는 법이다.

"게다가 이미 그 여자가 움직였다."

노백은 그렇게 말했다.

허민오가 고개를 갸웃거렸다.

"부인께서 움직이다니, 그건 또 무슨 소리요?"

노백이 슬쩍 인상을 썼다.

"내 눈은 장식용으로 박아둔 개 눈알이 아니다. 창고 안에 죽어 있는 자는 모두 둘이다. 한 사람은 노구, 그리고 다른 사람은 왕가(王哥)라고 하는 힘이 장사인 놈이다. 그 여자가 데리고 있던 사람이다. 어디서 끌어 모은 건지……. 여하튼 그 여자 곁에는 꽤 강한 사람들이 많다. 그 여자는 아마 무슨 짓을 해서라도 당신과 그 아이를 죽이려 할 것이다."

이번에는 허민오가 하늘을 올려다보았다.

하늘은 구름 한 점 없이 맑았다. 하지만 허민오의 머리 속은 헝클어진 실타래처럼 뒤죽박죽이었다.

"하아……."

한숨을 길게 내쉬고 허민오가 입을 열었다.

"하나 물어도 되겠소?"

"……?"

"왜 부인을 죽이려는 거요?"

"이유는 없다. 단지 내가 노백이기 때문이다. 그리고 나는 그 이름을 지켜야만……."

노백이 입을 다물었다.

그때 노백의 두 눈이 예리한 칼날처럼 번뜩였다.

허민오는 저도 모르게 어깨를 움찔 떨었다. 정말이지 무시무시한 눈빛이었다. 그러나 놀람은 잠시였고 노백을 화나게 한 것이 무엇인지 궁금해졌다.

허민오가 돌아섰다.

노백은 창고와 창고 사이에 난 좁은 골목에서 나오는 청년을 쳐다보고 있었다.

방지웅이었다.

노백을 발견하고 방지웅이 허리를 깊숙이 숙였다.

방지웅이 고개를 들고 노백을 응시했다. 그저 바라보기만 하는 눈, 일체의 감정이 느껴지지 않는 유리알 같은 눈이었다.

잠시 후, 방지웅이 노백 앞으로 걸어갔다.

"노구가 죽었다. 예상하고 있던 일이냐?"

노백이 바로 앞에 멈춰 선 방지웅에게 물었다.

방지웅은 고개를 저었다.

"전혀……."

"믿겠다. 그리고 아이들 몰래 저 창고를 태워라. 향 한 자루 피워 노구의 영혼을 위로하는 것도 잊지 말고."

"알겠습니다."

방지웅은 허리를 숙였다.

노백이 허민오에게 시선을 주었다.

"그 이야기는 나중에 다시 하기로 하고 같이 가자. 괜히 여기 있다 보면 그 여자의 수하들이 찾아와 그 아이를 죽이려 할 것이다."

허민오는 고개를 끄덕였다.

노백이 돌아섰다.

방지웅은 노백을 호위하듯이 뒤에 섰다.

원래는 노구가 있어야 하는 자리였다. 그리고 노구의 자리를 꿰어차는 방지웅의 움직임은 너무나도 자연스러웠다. 마치 이런 일, 그러니까 노구가 오늘 여기서 죽을 것이라는 것을 알고 있었던 모양이다.

노백은 비웃듯이 말했다.

"그 여자가 시키더냐?"

허민오는 노백을 따라 관도를 걷고 있었다.

거리를 지나가던 사람들이 노백을 알아보고 인사를 했다. 그럴 때면 노백은 그들을 향해 손을 흔들었다.

노백이 찾아간 곳은 큰 찻집이었다.

건물은 깨끗했고 무엇보다 관도에 위치해 있어서 손님이 많을 것 같았다.

넓은 실내에는 한 사람만 있었다.

붉은색 옷을 입은 여자였다. 그리고 여자에게선 어딘지 도도한, 차가운 기운이 느껴졌다.

여자가 탁자에 올려진 찻잔을 들어 입으로 가져갔다. 굉장히 여유로운 몸짓이었다.

노백은 여자를 보고 인상을 썼다.

하지만 여자는 노백을 보고 웃었다. 눈가에 깊숙이 자리 잡은 주름이 참 매력적이었다. 그리고 찻잔을 탁자에 내려놓으며 여자가 말했다.

"오셨어요?"

여자의 목소리는 사근사근했다.

노백은 여자의 맞은편에 앉았다.

"혼자인가?"

"네."

여자는 여전히 눈웃음을 지으며 대답했다.

노백은 다시 물었다.

"웬일이지? 무슨 일이라도 생겼나?"

"하."

여자가 차갑게 웃었다. 그리고 여자는 싸늘해진 목소리로 물었다.

"몰라서 묻나요?"

"아니, 확인해 본 것뿐이다."

노백은 허민오의 품에 안겨 있는 혜림을 가리켰다.

"네 아들을 죽인 건 저 아이다."

여자가 혜림을 쳐다보았다. 그리고 여자의 얼굴에서 매력적인 눈웃음이 사라졌다.

여자는 노백에게 물었다.

"왜 살려주었죠?"

"내가 감당할 아이가 아니니까."

"우습네. 당신이 두려워하는 것이 있다니……."

여자가 비웃었다.

노백은 고개를 흔들었다.

"두렵지는 않은데… 내가 감당할 수 없는 아이다."

"무슨 소리죠?"

"말 그대로 내가 죽을 수도 있다는 거다."

"그런……."

여자가 믿을 수 없다는 듯이 말했다.

노백은 슬쩍 이마를 구겼다.

"난 너한테 거짓말을 한 기억은 없다."

"이번에도?"

여자는 확인하듯이 묻자 노백은 고개를 끄덕였다.

"물론이다. 그리고 당신도 만났다고 했던 것 같은데……. 고루노괴 그 영감 말이다."

"설마……!"

여자가 고개를 확 돌려 혜림을 쳐다보았다. 그리고 노백의 말이 들려왔다.

"그 영감의 마지막 작품이라고 그랬다. 그것보다 나도 하나만 묻고 싶다."

"뭐죠?"

여자는 노백을 쳐다보았다.

노백이 여자의 얼굴을 똑바로 쳐다보고 입을 열었다.

"노구가 죽었다."

"오라버니가?"

"네가 그를 위협했나?"

노백은 단도직입적으로 물었다.

여자는 고개를 흔들었다.

"난 단지 사람 하나를 보냈을 뿐이에요."

"왕가 놈 말인가?"

"네……. 그런데 당신이 어떻게 아시죠?"

"노구와 함께 태워 버렸다."

여자는 아무렇지도 않은 듯했다. 그리고 여자는 노백에게 이렇게 물었을 뿐이다.

"당신이 죽였나요?"

"저 아이다."

노백은 다시 혜림을 가리켰다.

그 말을 끝으로 어색한 침묵이 흘렀다. 노백과 여자는 서로를 쳐다보았다.

여자가 먼저 입을 열었다.

"마지막으로 물어볼게요. 저 아이를 이용해서 무엇을 하려고 하는 건가요?"

"뭐, 별것 아니다. 난 널 죽이려고 한다. 그리고 나는 노백이라는 이름을 지킨다."

"하! 그거 재밌네요. 기대하고 있죠."

여자가 자리에서 일어났다.

훤칠한 키에 호리호리한 몸매였다.

여자는 문 앞에서 멈춰 섰다. 그리고 여자가 허민오의 품에 안겨 있는 혜림을 가만히 응시했다.

여자가 웃었다.

혜림은 여자의 눈가에 깊숙이 들어가는 잔주름이 정말 예쁘다고 생각했다.

혜림이 따라 웃었다.

여자의 얼굴에서 웃음이 사라졌다.

"괴물……."

여자는 나지막하게 중얼거렸다.

그러나 혜림이 듣기에는 충분했다.

혜림의 표정이 시무룩해졌다. 그리고 혜림은 허민오의 품속으로 파고들었다.

"오호호홋!"

여자가 재밌다는 듯이 깔깔 웃었다.

허민오가 인상을 쓰고 혜림을 보듬어 안았다. 그는 여자를 가만히 쳐다보았다.

"노인은 누구죠?"

여자가 물었다.

허민오는 대답하지 않았다.

여자도 더 이상은 묻지 않았다. 다만 여자는 방지웅을 한번 힐끔 쳐다보았다. 그리고 여자는 더 이상 볼일이 없는지 허민오를 스쳐 찻집에서 나갔다.

허민오가 혜림을 내려놓았다.

그녀는 고개를 푹 숙이고 있었다.

안쓰러운 생각에 허민오가 그녀의 머리를 약간 거칠게 쓰다듬었다.

"하지 마."

그녀가 고개를 흔들었다.

허민오의 손길이 멈추었다. 그리고 그는 착잡한 심정으로 그녀를 내려다보았다.

잠시 후, 허민오가 노백에게 다가갔다. 그리고 그는 조용한 음성으로 물었다.

"방금 전에 그분이 부인이오?"

노백이 머리를 끄덕였다.

허민오가 한숨을 길게 내쉬었다.

"하아, 내가 어찌하면 되오?"

노백은 문 앞에 서 있는 방지웅을 힐끔 쳐다보았다. 그리고 그가 입을 열었다.

"우선 피곤해 보이니까 눈이라도 붙여라. 나도 그만 자야겠다."

아담한 침실이었다.

혜림은 침상에 누워 있었다. 그리고 허민오는 노백이 마련해 준 방으로 가기 전에 그녀를 살펴보기 위해 들렀다.

방 안은 쥐 죽은 듯이 조용했다.

그녀는 말똥말똥하게 뜬 눈으로 천장을 가만히 응시했다.

옆에서 그녀를 내려다보던 허민오가 물었다.

"잠이 오지 않는 게냐?"

"응."

그녀가 고개를 끄덕였다.

"할아버지……."

"왜 그러느냐?"

허민오는 손가락으로 그녀의 볼을 툭 건드렸다.

그녀가 허민오를 똑바로 보고 말했다.

"혜림이가 진짜로 괴물이야?"

"무슨 소리냐?"

"그치만 혜림이는 두 귀로 똑똑히 들었는걸? 아까 그 키 큰 아줌마가 그랬어. 괴물이라고……."

허민오는 아무런 말도 없었다.

그녀가 웃었다.

그 모습을 보는 허민오의 가슴이 아릿하게 아파왔다. 그리고 그녀가 말했다.

"그래, 보통 사람은 끊어진 팔이 다시 붙진 않아. 그렇잖아?"

"……."

"음… 지금 혜림이의 얼굴은 못났어."

"그만 하거라."

허민오의 목소리가 약간 무거워졌다. 그러나 그녀는 말하는 것을 그만두지 않았다.

"그치만 혜림이도 예전에는 예뻤다. 정말이야. 혜림이가 얼마나 예뻤는데……."

"그만 하래도 그런다."

"아니야. 혜림이는 반드시 예뻐질래. 할아버지가 기련산에 가서 혜림이를 예뻐지게 해줄 거잖아. 그렇지?"

"……."

"그렇다고 말해 줘요."

"그래……."

허민오는 억지로 웃었다.

그녀가 고개를 크게 끄덕였다.

"응, 할아버지, 약속했어. 혜림이는 예뻐질 거야. 그래서 괴물이라고 놀렸던 사람들을 혼내줄 거다."

그녀가 입을 꼭 다물었다.

허민오는 그녀를 측은하다는 듯이 내려다보았다. 이럴 때는 그녀가 괴물처럼 보이지 않았다.

허민오가 말했다.

"한 가지만 약속해 줄 수 있겠느냐?"

"응!"

그녀는 고개를 끄덕였다.

허민오가 그녀의 머리를 쓰다듬었다. 그리고 그녀는 기분이 좋은지 배시시 웃었다.

셋의 셋

쿵!

방 안에 홀로 남은 혜림이 침상에서 뛰어내렸다. 그녀가 창가로 콩콩 뛰어갔다. 창문 밖에서는 아이들이 뛰어노는 소리가 들려오고 있었다.

삼층에서 내려다보이는 골목은 좁았다.

그녀는 신기하다는 눈빛으로 좁은 골목을 가만히 쳐다보았다.

"와아아아아아!"

왁자지껄한 소음 속에서 십여 명의 사내아이들이 골목을 누비며 공놀이를 하고 있었다.

혜림은 공놀이를 처음 보았다. 그녀는 마냥 신기하기만 했다.

공은 돼지 방광을 잔뜩 부풀려 둥글게 만들고 그 위에다 짚을 몇 번씩 싸서 만들었다.

뒤에서 한 아이가 공을 차면 다른 아이들이 그 공을 쫓아 달려갔다.

맨 앞에서 공을 쫓아 달려가던 아이가 고개를 들었다. 그리고 디딤

발을 공 앞에 두고 힘껏 찼다.

파앙!

공은 하늘 높이 떠올랐다.

아이들이 저마다 고개를 한껏 젖히고 눈으로 공을 쫓았다.

공을 찼던 사내아이가 웃었다.

사내아이는 다른 친구들을 내버려 두고 골목 안쪽으로 잽싸게 달려
갔다. 공은 거짓말처럼 그 아이를 따라왔다.

사내아이가 돌아섰다.

공은 사내아이의 머리 위에서 떨어지고 있었다.

아이가 허리를 뒤로 약간 젖히고 가슴을 내밀어 공을 받으려고 했
다. 그런데…….

퉁! 퉁!

공이 땅에 떨어졌다.

사내아이는 우두커니 서 있었다. 그리고 아이의 눈은 삼층 창가에
서 있는 혜림을 쳐다보았다.

그녀도 사내아이를 보고 있었다.

사내아이의 앞으로 친구들이 달려왔다.

아이들은 큰 소리로 떠들어댔다.

한꺼번에 떠들어대는 통에 혜림은 무슨 소린지 전혀 알 수가 없었
다. 그리고 맨 처음 혜림을 발견한 사내아이가 손을 들어 그녀를 가리
켰다.

갑자기 골목 안이 소란스러워졌다. 아이들은 그녀와 사내아이를 번
갈아 보며 수군대기 시작했다.

아이들을 쳐다보는 혜림은 기분이 나빠졌다.

"치잇—"

토라진 그녀가 고개를 흔들고 돌아섰다. 그리고 그때였다.

콰아앙!

문짝이 그대로 부서졌다.

"네년이냐!"

우렁우렁한 목소리와 함께 어마어마한 체구를 지닌 거한이 나타났다.

그자의 몸이 어찌나 컸던지 혜림은 방 안이 온통 그자의 그림자로 채워지는 듯한 기분에 사로잡혔다. 그녀는 그때까지 그렇게 덩치가 큰 사람은 만나보지 못했다.

그자는 다짜고짜 그녀를 덮쳤다. 그녀의 작은 몸이 그자의 비대한 몸에 짓눌려 터질 것만 같았다.

그녀는 당황한 나머지 그자에게 손을 내밀었다.

뿌득!

너무나도 간단하게 그자에게 붙잡힌 그녀의 팔목이 부러졌다. 그녀가 어리둥절한 눈으로 꺾여진 팔을 내려다보았다. 그리고 그녀는 자신의 손목을 무참하게 꺾어버린 그자를 쳐다보았다.

그녀의 두 눈이 버릇처럼 두어 번인가 깜박거렸다.

그자가 혜림의 멱살을 잡고 들어 올렸다.

그녀의 발이 바닥에서 떨어졌다. 그리고 허공에 대롱대롱 매달린 그녀가 물었다.

"아저씨는 누구야?"

지금 상황과는 전혀 어울리지 않는 말.

오히려 그자의 표정이 멍청해졌다. 손목이 무참히 부러졌는데도 그녀의 얼굴에 고통의 빛은 눈곱만큼도 없었다. 아픔을 느끼지 못하는 것 같았다.

"이 씨, 혜림이가 물었어!"

그녀의 목소리에 정신을 차린 듯 그자가 대답했다.

"내 이름은 철두(鐵頭)다!"

말이 채 끝나기도 전에 철두의 머리가 밑으로 내려왔다.

꽝!

그녀의 얼굴이 짓뭉개졌다.

철두가 고개를 들었다.

그는 그녀를 내려다보고 만족했다. 자신의 머리에 부딪치고 부서지지 않은 것은 아직까지 본 적이 없었다. 그리고 자신이 부숴먹은 바위가 몇 개인지 셀 수조차 없었다.

그래서 친구들이 붙여준 별명이 철두였다. 하지만 그 단단한 철두조차 괴물이 되어버린 그녀를 어쩌지는 못했다.

"혜림이한테 왜 이러는 건데?"

그녀가 철두를 노려보았다.

보통 때 같았으면 그녀는 무작정 철두에게 달려들었을 것이다. 그러나 그녀는 방금 전에 허민오와 약속했다. 두 번 다시 함부로 사람을 죽이지 않겠다고 할아버지와 손가락까지 걸었다.

착한 아이는 약속을 지켜야 한다.

"이런 개 같은 년이!"

철두의 얼굴이 무섭게 일그러졌다.

꽝!

두 번째의 부딪침.

"하지 마!"

그녀가 소리쳤다.

하지만 소용이 없었다.

꽝!

세 번째다.

"하지 말라니까! 혜림이는 할아버지와 약속……."

그녀는 말조차 제대로 끝낼 수가 없었다.

꽝!

네 번째…….

드디어 그녀는 화가 났다.

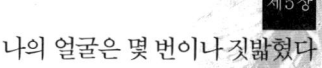

제5장

나의 얼굴은 몇 번이나 짓밟혔다

다섯의 하나

7월 5일 낮.

꽉!

그녀는 자신의 멱살을 쥐고 있는 철두의 손을 깨물었다.

철두가 그녀를 그대로 집어 던졌다.

찌익!

그녀의 옷이 찢어졌다. 찢어진 옷자락 사이에서 봉긋한 젖가슴이 나타났다.

그녀의 작은 몸이 날아갔다.

철두는 자신의 손을 내려다보았다. 어찌나 세게 깨물었는지 살점이 떨어져 나갔다.

"이런 씨부럴 년이!"

욕설을 터뜨리며 철두가 그녀를 따라 몸을 던졌다.

그녀의 몸이 곤두박질쳤다.

꽝!

등짝이 터질 듯한 충격에 그녀가 눈을 부릅떴다. 그녀는 입 안에 있는 살점을 꿀꺽 집어삼켰다.

철두가 그녀 앞에 섰다.

그녀의 눈앞에 큼지막한 신발이 나타났다. 신발에는 흙이 잔뜩 묻어 있었다.

픽!

철두는 그녀의 얼굴을 짓밟기 시작했다.

퍼퍼퍼픽!

그녀의 작은 몸이 정신없이 들썩거렸다. 그녀는 멍하니 자신을 짓밟는 철두의 신발을 바라보았다. 눈물이 왈칵 쏟아질 것 같았지만 어떻게 할 수가 없었다. 그리고…

그녀의 눈이 뒤집어지고 있었다.

검은자위가 점점 사라진다. 마침내 흰자위만 남은 눈으로 철두를 가만히 올려다보았다.

철두가 씩씩거리며 발길질을 멈추었다.

그래도 분이 풀리지 않았나 보다. 철두는 그녀를 목을 쥐고 들어 올렸다.

쫘앙!

머리와 머리가 부딪쳤다.

그녀의 눈앞에서 별이 번쩍였다. 두 귀가 멍멍해지고 머리 속이 흔들리는 것 같았다.

그녀는 눈을 까뒤집고 철두의 손 위에서 축 늘어졌다.

철두는 잠시 동안 그녀를 쳐다보았다.

혼신의 힘을 다한 박치기였다. 이 개 같은 년은 머리 속 혈관이 터져 죽었을 것이다.

철두는 그녀의 목을 쥐고 있던 손을 풀었다.

스르륵…….

그녀는 무너지듯이 고꾸라졌다.

그때였다.

무너지듯이 고꾸라지던 그녀의 머리가 철두의 하반신을 노리고 들어왔다.

콰직!

그녀의 머리가 철두의 급소를 짓이겼다.

"커억!"

철두가 비명을 지르고 뒤로 물러났다.

양손으로 급소를 움켜쥐고 인상을 찌푸리고 있는 철두 앞에 그녀가 엎어졌다.

철두를 올려다보는 그녀의 눈빛이 새파랗게 타올랐다. 그리고 그녀는 양손으로 바닥을 밀어내고 일어났다.

쿵!

혜림이 철두 앞으로 다가갔다.

그녀는 양손을 들어 올렸다.

오른손을 쳐다보고 그녀가 미간을 살짝 찌푸렸다. 부러진 손목 때문에 손은 밑으로 축 처져 있었다.

그녀는 고개를 한번 갸웃거렸다. 그리고 손목을 크게 비틀자 부러진 뼈는 뿌드득 소리를 내고 맞춰졌다.

그녀가 양손으로 철두의 얼굴을 붙잡았다.

"혜.림.이.가. 하.지. 말.라.고. 했.잖.아!"

우드드득!

목을 비트는 일은 말을 하는 것보다 수월했다.

양손으로 철두의 머리를 움켜쥐고 그저 한쪽으로 세차게 돌려 버리면 모든 일은 끝이 났다. 이런 일은 누군가에게 배우지 않아도 할 수 있는 일이었다.

그녀가 눈을 빛냈다.

멀쩡한 사람의 얼굴이 본래 향했던 방향과 정반대로 돌아가는 광경을 똑똑히 목격한다는 것은 꽤나 흥미로운 일이었다.

하지만 그것도 잠시였다. 금세 시들해진 그녀는 철두의 머리를 쥐고 있는 손을 놓았다.

쿠웅!

철두가 큰 소리를 내고 쓰러졌다.

혜림이 벽 쪽으로 다가갔다.

그녀는 돌아서서 벽에 등을 기대고 미끄러지듯이 바닥에 철퍼덕 주저앉았다.

양 어깨를 축 늘어뜨린 그녀가 철두의 시체를 바라보았다.

그녀가 웃었다.

자신은 지금 벽에 등을 기대고 앉아 있고 한 사람의 시체가 눈앞에 있었다.

너무나도 친숙한 광경이다. 쥐새끼들이 시체의 머리 속을 갉아먹고 있었다면 더욱 친숙했을 것이다.

이상했다.

한 사람의 시체를 쳐다보고 있을 뿐인데 이상하게도 마음이 편안해졌다.

졸음이 밀려왔다.

그녀가 눈을 감았다.

얼마나 잤는지 모른다.

누군가 몸을 흔들어 깨우고 있었다.

혜림이 살짝 눈을 떴다. 그리고 그녀는 자신을 흔들어대는 사람을 보자 그만 울상이 되었다.

"할.아.버.지. 혜.림.이.는. 약.속.을. 지.키.지. 못.했.어."

허민오가 그녀를 물끄러미 쳐다보았다.

그녀의 몰골이 말이 아니었다. 옷은 찢어지고 그 사이로 봉곳한 젖가슴이 튀어나와 있었다. 그리고 그녀의 얼굴에는 큼지막한 신발 자국이 선명하게 찍혀 있었다.

허민오는 그녀가 약속을 지키기 위해 얼마만큼 노력을 했는지 잘 알 수 있었다.

혜림이 울먹거렸다.

"있잖아… 혜림이는 하지 말라고 그랬다. 씨이, 혜림이가 분명히 그랬는데……."

그녀가 머리를 푹 떨구었다.

허민오의 눈시울이 붉어졌다. 고개를 숙인 혜림의 모습이 너무나도 안쓰러웠다.

허민오가 말했다.

"잘 참았다."

"정말이야?"

그녀가 머리를 발딱 치켜들었다.

허민오가 빙그레 웃었다.

"그래, 앞으로도 그렇게만 참거라."

"응, 혜림이는 그럴 거야!"

그녀는 고개를 크게 끄덕였다.

허민오가 그녀를 꼭 끌어안았다.

그녀의 몸은 차가웠다. 그리고 그녀는 허민오의 품으로 파고들어 와 환하게 웃었다.

잠시 후, 그녀가 눈을 동그랗게 떴다.

"어? 노백 아저씨다. 어서 오세요."

혜림이 고개를 까닥거렸다.

허민오가 그녀를 밀어내고 일어섰다. 그리고 돌아선 그는 문 앞에 서 있는 노백을 볼 수 있었다.

"보고 계시었소?"

허민오는 미간을 찌푸리고 물었다.

노백이 고개를 끄덕였다.

"물론이다."

"언제부터 지켜보고 있었소?"

"저 아이가 철두와 싸울 때부터다."

"역시나……."

허민오는 그녀를 깨울 때부터 한 가지 의문을 가지고 있었다.

방 안이 온통 난장판이 되어버렸는데도 사람이 아무도 없다는 게 이상했다. 하다못해 찻집에서 일하는 사람이라도 올라와 보는 게 정상이다.

하지만 노백이 아무도 올라오지 말라는 명령을 내렸다면……

당연히 사람들은 이 근처에 얼씬도 하지 않았을 것이다.

허민오가 노백에게 물었다.

"이 사람도 부인께서 데리고 있는 사람이오?"

"물론이다. 어디서 배웠는지 몰라도 소림(少林)의 철두공(鐵頭功)을 익히고 있는 놈인데 꽤 강하다고 알려져 있다."

"하아……."

허민오가 한숨을 내쉬었다.

노백이 말했다.

"무슨 걱정이라도 있나?"

"별것 아니오."

허민오는 힘없이 고개를 저었다.

"원래 부부싸움이라는 건 개도 안 끼어든다는데 어쩌다 보니 늙은 내가 끼어들었는지……. 왠지 한심하단 생각이 들어서 말이오."

"그런가? 난 잘 모르겠다."

노백은 고개를 한번 갸웃거렸다.

허민오가 쓸쓸하게 웃었다.

"원래 사람은 자신의 처한 상황만을 보는 것이오. 노백께서는 신경 쓰지 마시오."

허민오는 말을 이었다.

"자, 이제 뭘 하면 되는 거요? 제발 부탁인데 이 아이만큼은 그냥 놔 두시면 안 되겠소?"

"안 된다."

노백이 단호하게 거절했다.

"그 여자가 원하는 건 저 아이다. 당신이 아니다."

"사실 이건 묻기 싫었지만 물어야겠소. 도대체 부인과 무슨 문제가 있기에……?"

"당신이 상관할 일이 아니다!"

노백의 목소리는 차고 단단했다.

허민오는 침묵했다.

노백의 안색이 딱딱하게 굳었기 때문에 더 이상은 부인에 관해서 물어볼 수가 없었다. 그러나 기왕에 말을 꺼냈으니 이 말 한마디는 묻고 싶었다.

"부인을 꼭 죽여야겠소?"

"물론!"

노백이 고개를 끄덕였다.

허민오는 천천히 말했다.

"내가 할 일은 무엇이오?"

"이제야 날 도와줄 마음이 들었나?"

"그렇다고 해둡시다. 그래, 이제부터 내가 해야 하는 일을 말씀해 주시오."

"나는 그 여자의 목을 원한다고 말했다."

"무, 무슨 소리요? 설마 나더러 부인을 죽이기라도 하라는 말씀이시오?"

"그 말이다."

"허허……."

허민오는 어처구니가 없다는 듯이 웃었다.

노백이 슬쩍 인상을 썼다.

"뭐가 그리 우습나?"

"이것 보시오, 노백. 생각해 보시오. 저 아이, 아니, 내가 부인을 죽인다면 노백의 수하들이 가만히 있겠소? 아들까지 죽인 것도 모자라 부인까지……."

"내가 무마시키면 된다."

"머리로는 이해를 해도 가슴으로 이해 못하는 일도 있는 법이오. 지금 나도 그렇소이다. 노백께서는 부인의 목을 원하는 무슨 이유가 있을 것이오. 하지만 나는 그 이유를 모른단 말이오. 그리고 알고 싶지도 않소이다. 난 솔직히 노백을 미친 사람으로밖에 볼 수가 없소."

노백의 안색이 무겁게 가라앉았다.

"미친놈이라……. 그런데 왜 날 도와주겠다는 건가?"

허민오가 고개를 저었다.

"도와준다는 건 아니오. 단지 선택의 여지가 없는 거요. 우리들은 빨리 사천 땅을 떠나야 하오. 하지만 이 사천 땅에서 노백의 손을 벗어날 수는 없을 것이오. 안 그렇소? 노백의 수하들을 일일이 죽이고 갈 수는 없는 것 아니오. 수백 명이나 되는 무인들을 늙은 내가 어찌 감당하겠소?"

허민오는 지금 자신이 처한 입장을 솔직히 이야기했다.

노백이 고개를 끄덕였다.

"알겠다. 그 여자는 내 손으로 죽이겠다."

"그럼 이것 하나만 약속해 주시오."

"음……?"

"그 일이 끝나면 우리들의 안전은 노백께서 책임지시오. 아니, 더 이상 우리들을 붙잡아두지 말란 말이오. 방금 전에도 말했지만 사천 땅에서 떠나야만 할 이유가 있소이다."

"좋다."

노백은 대답했다.

"어차피 그 여자가 죽는다면 당신들이 어딜 가든 상관이 없어진다. 그 조건들도 수락한다."

"고맙소이다."

허민오가 제시한 조건들을 노백이 수락했다. 거래는 그렇게 간단하게 성립되었다.

저녁이다.

해가 떨어지고 있었다.

땅거미가 스멀스멀 기어나온 주위는 어둑어둑해졌다. 그리고 스산한 바람이 활짝 열어젖힌 창문으로 들어온다.

지금처럼 약간은 거칠고 쓸쓸한 바람이 불어올 때면 왠지 술 한잔이 생각나는 법이다.

노백은 비취빛이 감도는 조그만 잔에 술을 따르고 있었다.

잔에 가득 채워진 술과 함께 알싸하고 달콤한 향기가 노백의 코끝으로 찾아왔다. 이처럼 분주(汾酒)는 언제 먹어도 향이 기가 막혔다. 그래서 분주가 비싼 술인가 보다.

노백이 잔을 들어 입으로 가져갔다. 그리고 노백은 피식 묘하게 한 번 웃었다.

이렇게 조그맣고 예쁜 잔에 술을 따라 마시는 건 역시 자신과 어울리지 않았다. 하지만 이 비싼 분주를 무식하게 대접에 따라 마시는 건

술에 대한 모독이다.

노백은 술을 들이켰다.

그때 등 뒤에서 방지웅의 목소리가 들렸다.

"그들이 떠났습니다."

"알고 있다."

노백이 고개를 끄덕였다.

방지웅은 이상하다는 듯이 입을 열었다.

"막지 않으십니까?"

"내가 왜?"

노백이 고개를 돌렸다. 그는 흐릿하게 웃었다.

"잘난 그 여자가 그들을 가로막을 텐데……."

"혹시 마님의 시선을 그들에게 돌려놓고 노백께서는 마님의 세력을 치실 작정이십니까?"

땅!

노백이 술잔을 탁자 위에 거칠게 내려놓았다.

그는 돌아앉았다.

"그렇다면? 그 여자에게 가서 일러바칠 거냐?"

"제가 어찌 감히……."

방지웅은 고개를 흔들었다.

노백도 고개를 가로저었다. 하지만 그것은 방지웅과는 다른 뜻이었다.

"됐다. 넌 어차피 그 여자 사람이다."

"아닙니다!"

방지웅의 눈빛이 달라졌다.

노백은 그를 가만히 응시했다.

방지웅도 마찬가지다.

그리고 노백이 천천히 말했다.

"그럼 증거를 보여봐라."

"어떤……?"

"가서 그 두 사람을 지켜라. 특히 계집아이는 그 여자 손에 들어가선 안 된다."

"알겠습니다."

방지웅이 허리를 깊숙이 숙이고 돌아섰다.

"기다려라."

돌아선 방지웅을 노백이 불러 세웠다.

다섯의 둘

쿵쿵쿵쿵!

골목 바닥에 깔린 포석(鋪石) 위를 뛰어가는 혜림의 발짝 소리는 묵직했다.

저만치 앞서 간 그녀는 돌아섰다.

그녀가 잠시 기다렸다.

뒤에서 그녀를 따라 걸어가고 있는 허민오는 걸음을 약간 빨리 했다.

그녀가 배시시 웃더니 다시 돌아섰다. 그리고는 도망치듯이 저만치 가버렸다.

허민오가 빙그레 웃었다.

아무래도 그녀는 꽤나 놀고 싶었던 모양이다. 그녀는 어린아이처럼 좋아했다. 사람들의 시선을 피해 골목으로 들어온 게 잘한 일이란 생각이 들었다.

허민오는 하늘을 한번 올려다보았다.

정말 좋은 날씨였다.

붉은 노을이 하얀 구름까지 물들이는 광경을 보는 것도 참 오랜만이다. 자신의 기분이 좋기 때문에 그렇게 보이는 건지도 몰랐다.

허민오가 다시 혜림에게 시선을 주었다.

그녀는 멈춰 서 있었다.

잠시 후 그녀는 고개를 갸웃거렸다.

허민오는 그녀의 시선을 따라 골목 끝을 쳐다보았다.

저 멀리 큼지막한 깃발 하나가 보였다.

흔히 거리에서 점을 치는 자들이 내어 거는 거창한 말들이 주절주절 써 있는 붉은색 깃발이었다. 자리 싸움에서 밀려나 어쩔 수 없이 골목 안으로 들어온 모양이다.

그녀에게 다가간 허민오가 그녀를 향해 등을 내밀었다.

"업히거라."

습격의 제일원칙은 상대방에게 들키지 않는 것이다.

그러기 위해선 자신을 철저하게 위장할 필요가 있었다. 예를 들어 사람들이 많은 저잣거리라면 비렁뱅이로 분장하고 동냥 바구니를 끌어

안고 있어야 하고 사람들이 적은 산속에선 큼지막한 바위 뒤에 숨어 쥐 죽은 듯이 있어야만 한다.

그 다음 중요한 것이 빠른 손놀림이다.

상대방이 '당했다'고 느끼기도 전에 상대의 목숨을 빼앗아야만 한다.

골목 끝에서 산통(算筒)을 쥐고 흔들어대는 점쟁이 노인은 그 모든 걸 가지고 있었다. 그래서 그 노인은 '한때' 사천제일의 자객이 될 수 있었다.

정확하게 십사 년 전, 관부의 고수들을 뚫고 들어가 지부대인(知府大人)의 목을 날려 버리고 중상을 입은 몸으로 도망쳤을 때까지의 일이다.

그러나 이제 노인은 사람들 사이에선 잊혀져 가끔 관부의 인물들의 입에나 오르내리는 신세가 되었다.

오늘따라 점쟁이 노인은 기분이 나빴다.

산통을 내팽개치고 싶은 마음을 꾹 눌러 참았다. 겨우 꼬마 계집과 힘없는 늙은이를 죽이는 데 굳이 자신까지 나서라니…….

너무한 처사였다.

하지만 어쩔 수가 없었다. '그분'의 그늘에서 벗어나면 또 관부의 인물들에게 쫓겨야만 한다.

지긋지긋한 일이다.

점쟁이 노인은 피곤하다는 듯이 크게 기지개를 켰다. 그리고 노인은 고개를 숙였다.

노인이 비릿하게 웃었다.

왔다.

기다리던 인물이 골목을 따라 걷고 있었다.

점쟁이 노인의 기세가 변했다. 면도날처럼 날카롭게 곤두선 느낌이다.

하지만 극히 짧은 순간에 일어난 변화였다. 아무도 눈치 채지 못했을 것이다.

점쟁이 노인은 자리에서 일어섰다.

"에잇! 이 짓도 못해먹겠군. 손님이 이렇게나 없다니……."

노인이 투덜대며 산통을 챙기고 돗자리를 걷어 올렸다.

하지만 점쟁이 노인의 신경은 골목을 따라 걸어오는 인물에게 가 있었다. 그리고 노인은 거창한 말들이 써 있는 붉은 깃발을 걷어냈다.

때마침 바람이 불었다.

펄럭……!

깃발이 날아와 허민오의 시야를 완전히 가로막았다.

"잡아주시오!"

늙수그레한 목소리가 깃발 뒤에서 들렸다.

허민오는 손을 뻗어 깃발을 낚아챘다.

쓰—윽!

난데없다.

붉은 깃발이 눈앞에서 걷히는 그 짧은 순간을 노려 죽창(竹槍) 하나가 허민오의 미간을 노리고 들어왔다. 방금 전까지 깃발이 매달려 있던 깃대였다.

죽창을 쥐고 있는 점쟁이 노인의 신형이 크게 확대되었다. 경쾌하고 숙련된 움직임이었다. 하지만 허민오의 몸이 흐릿해지는 순간 죽창은 목표물을 놓치고 헛되이 허공을 가르고 말았다.

"이 무슨 짓이오!"

별로 움직인 것 같지도 않았다. 그런데 허민오는 어느새 이 장쯤 물러서 있었다.

"차압!"

점쟁이 노인의 몸이 허민오에게 다시 쏘아졌다. 그리고 죽창은 허민오의 배를 찔렀다.

살기가 강한 창법이었다.

그저 사람의 목숨만을 노리고 있었다. 별다른 변화도 없이 단순 무식하게 빠르기만 했다.

하지만 그 정도 수준의 창술로 솜털구름처럼 가벼운 허민오의 움직임을 따라잡을 수는 없었다.

허민오의 두 다리가 기묘하게 움직였다. 발바닥이 지면에서 떨어지지도 않았는데 그의 몸이 오른쪽으로 밀려나고 있었다. 마치 매끄러운 대리석 위를 미끄러지듯이 달리는 것 같았다.

이번 공격도 실패로 돌아가자 점쟁이 노인은 재빨리 죽창을 회수해 어깨에 걸쳤다.

허민오가 점쟁이 노인을 향해 한 걸음 다가섰다.

노인은 크게 확대되듯이 다가오는 허민오의 몸을 보고 희미하게 웃었다.

철컥!

기관음이 들렸다. 죽창 끝으로 긴 칼날이 튀어나왔다.

쒜에에엑!

칼날은 무자비한 속도로 날아갔다.

그야말로 뜻밖의 공격이었다.

바로 이 숨겨진 칼날이다. 이것이 점쟁이 노인을 사천제일의 자객으로 만들어준 '마지막 한 수'였다.

하나 이번만큼은 상황이 달랐다.

점쟁이 노인의 공격은 분명 놀랄 만큼 빨랐지만 허민오의 옷깃조차 스치지 못했다. 크게 확대되듯이 다가오던 허민오의 몸이 사라졌기 때문이다.

점쟁이 노인이 눈을 부릅뜨고 정면을 바라보았다. 눈으로 보고서도 믿을 수 없는 광경이었다.

허민오의 모습은 어디에도 없었다.

하나 다음 순간, 점쟁이 노인의 안색이 돌변했다. 시커먼 그림자가 소리도 없이 등 뒤쪽에서부터 넢져 왔다.

파앙!

노인은 어깨가 떨어져 나가는 듯한 고통을 느끼고 옆으로 밀려났다. 어디를 어떻게 얻어맞았는지 오른팔은 감각이 없었다.

탁!

죽창이 땅바닥으로 떨어졌다.

"크윽!"

머리를 벽에 처박고 고꾸라진 노인이 비명을 질렀다. 그리고 머리 위에서 허민오의 목소리가 들렸다.

"노백의 부인은 어디 계시오?"

노인은 고개를 들었다.

허민오가 우울한 표정으로 점쟁이 노인을 내려다보고 있었다.

점쟁이 노인이 허민오를 안내한 곳은 넓은 벌판이었다.

벌판의 한가운에는 커다란 가마가 덩그러니 놓여져 있었다.

점쟁이 노인은 허민오에게 따라오라는 눈짓을 보내고 가마를 향해 걸어갔다.

허민오가 주위를 둘러보았다.

오른쪽 옆에 커다란 바위 하나가 있었다.

허민오는 업혀 있는 혜림을 큰 바위 앞에 내려놓고 그녀에게 말했다.

"이곳에서 기다려 줄 수 있겠니? 조금 오래 걸릴지도 모른단다."

"웅, 그럴게."

그녀가 고개를 끄덕였다.

허민오는 빙그레 웃으며 돌아섰다.

"안녕히 다녀오세요."

등 뒤에서 그녀가 말했다. 그녀는 허민오가 다시 돌아올 것이라고 믿고 있는 것 같았다.

처음부터 '노백의 부인'에게 좋은 대접 받을 생각은 하지도 않았다.

입장의 차이다.

원래 부모란 그런 것이다. 아무리 망나니 같은 자식이라고 해도 부모에게는…….

노백의 부인에게 두 사람은 그저 '세상에서 가장 착한 아들'을 죽인 원수에 지나지 않았다.

이미 각오는 했다. 하지만 처음부터 이렇게 나오리라고는 생각조차 못했다.

쫘앙!

뱃가죽이 그대로 터지는 듯한 충격이다. 땅 밑에서 불쑥 튀어나온 주먹이었다.

허민오가 입을 딱 벌렸다. 잠깐 동안 정신을 잃었는지 붕 떠오른 허민오는 머리부터 떨어지고 있었다.

다행히 놓쳐 버린 정신은 금세 돌아왔다.

땅바닥이 바로 눈앞에 있었다.

허민오가 몸을 뒤틀었다. 그는 공중제비를 돌아 사뿐히 지면으로 내려섰다.

허민오는 정면을 주시했다.

땅 밑에서 기어나오는 괴인을 쳐다보고 허민오가 주춤 물러났다.

그 사람은 이상하게 팔이 길었다. 거의 땅에 닿을 만큼 긴 팔을 가지고 있었다.

등도 구부정한 게 그 사람은 꼭 늙은 원숭이 같았다.

"당신은……?"

허민오가 물었다.

그러나 상대는 아무런 말이 없었다.

대신 늙은 원숭이 같은 그 사람이 팔을 휘둘렀다.

파아앙!

허민오는 땅 끝을 살짝 스친 주먹이 자신의 턱을 노리고 들어오는 줄 알았다.

퍽!

뒷골이 흔들리는 아찔한 충격.

허민오의 고개가 오른쪽으로 홱 돌아갔다. 주먹에 맞은 곳은 왼쪽 광대뼈였다.

허민오는 옆으로 밀려났다.

상대의 등이 조금 더 구부정해졌다.

긴 팔이 땅에 닿았다. 주먹을 쥐고 있었다. 그리고 두 눈은 허민오를 노려보고 있었다.

양 주먹으로 땅을 박차고 상대가 달려왔다.

"우— 끼이잇— 낏!"

그자는 괴성을 질렀다. 그 모습이 먹이를 쫓는 원숭이 같았다.

꽈앙!

신기한 각도로 꺾이며 들어왔다. 그자의 주먹은 머리를 내려치는 듯했으나 직접적인 아픔은 턱에서 느껴졌다.

아찔했다.

한데 다시 한 번 생각해도 이자의 움직임은 원숭이, 그것도 포악한 원숭이를 닮았다.

허민오의 '현재' 직업은 심마니였다. 그는 산속에서 많은 동물들과 같이 생활했다.

원숭이는 산속에서 '만큼' 은 가장 무서운 존재였다. 그것들을 한낱 미물이라고 경멸하면 안 된다. 미물이라고 하기에는 머리가 너무 좋았다. 그리고…

인간조차 겁내지 않는 그 대담성.

같은 종족까지도 먹어치우는 그 포악함.

허민오는 우선 놀랐다. 산속에서나 볼 수 있는 원숭이가 이런 곳에 나타나다니……

하나 자신을 압박해 들어오는 상대는 원숭이가 아니었다. 분명히 사람이었다.

예전에 딱 한 번 들은 적이 있었다. 통비권(通臂拳)이라는 이름으로 불리는 원숭이를 닮은 권법. 그리고 통비권을 제대로 익힌 무시무시한 고수의 이름도 생각났다.

"궈, 권사(拳邪)?"

허민오의 입에서 그 고수의 이름이 튀어나왔다.

달려오던 상대의 움직임이 멈추었다. 허민오의 입에서 흘러나온 이름이 심기를 크게 건드렸나 보다.

허민오는 직감적으로 깨달았다.

역시 그 사람이었다. 권사였다.

허민오는 권사의 발끝을 내려다보았다.

어차피 모든 공격의 시작은 발이다. 발끝이고, 발이 움직이는 방향이다.

보법을 처음 배우는 사람이라면 누구나 이 말을 듣는다.

맞는 말이다.

허민오의 오랜 경험이 그것을 증명한다.

그리고 허민오만의 확신이었다. 발이 멈추지 않는 한 공격은 시작될리 없었다. 권사의 주먹 따위는 더 이상 신경 쓰지 않았다.

권사의 발이 멈추었다.

휘이익!

희한하게 꺾이는 주먹이 날아온다. 그러나 예측할 수 있는 권사의 주먹은 더 이상 허민오에게 위협이 될 수가 없었다.

허민오는 허리를 뒤로 한껏 젖혔다.

권사의 주먹은 어이없이 허공을 훑고 지나갔다.

허민오는 허리의 탄력을 이용해 몸을 바로 세우고 권사의 턱 밑으로 그대로 몸을 던졌다.

권사가 반대쪽 주먹을 뻗었다.

측면에서부터 날아왔지만 마지막으로 허민오의 머리를 짓뭉개 버리는 권사의 주먹은 매서웠다.

하지만 허민오가 더 빨랐다. 경공만큼은 자신있었다. 허민오는 권사의 턱 밑에서 권사의 가슴을 향해 손을 내밀었다.

파앙!

참장(斬掌)이 작렬했다. 단단한 오동나무로 만든 제단도 박살 내버린 기술이다.

뿌드드득!

예상대로 권사의 늑골이 부서졌다.

권사는 숨을 헐떡이고 허민오를 올려다보고 있었다. 권사의 얼굴은 고통으로 크게 일그러졌다.

허민오는 권사가 살아 있어서 다행이라고 생각했다. 그는 권사의 가슴에 손을 올렸다.

허민오가 손끝으로 권사의 명치 끝을 지그시 내리눌렀다.

"으으으윽!"

권사의 얼굴이 크게 일그러졌다. 이제는 죽는구나 하는 절망감이 그의 얼굴에 나타났다.

명치 끝이 아파왔다.

우둑!

완전히 어긋났던 권사의 갈비뼈가 다시 맞춰졌다. 권사의 얼굴에서 괴로운 표정이 사라졌다.

권사는 멍한 표정으로 허민오를 바라보았다.

"하! 그것참, 대단한 인정이네?"

벌판 한가운데 덩그러니 세워둔 가마 속에서 흘러나온 여인의 차가운 비웃음이었다.

목소리만으로도 알 수 있었다.

드디어 나타났다.

노백의 부인이다. 그리고 노백이 기필코 목숨을 빼앗길 원하는 여자였다.

허민오는 가마를 쳐다보았다.

가마의 문이 열렸다.

"대단해요. 제 남편조차 상대하길 꺼려 하는 그 사람을 그렇게 간단히 처리하다니……."

노백의 부인이 가마에서 나왔다. 그리고 부인은 쌩글거리며 매력적인 눈웃음을 지었다.

"하지만 그렇게 쉽게 끝내 버리면 보는 사람이 맥이 풀려서 재미가 없잖아요?"

다섯의 셋

쌩글…….

노백의 부인이 웃었다.

허민오는 왠지 가슴이 두근거렸다.

정말이지 다른 건 몰라도 눈가에 잔주름이 깊숙이 파고드는 저 눈웃음만큼은 매력적이었다.

허민오가 눈길을 돌렸다. 그는 가마 뒤쪽에 서 있는 점쟁이 노인을 쳐다보았다. 노인의 얼굴 위로 약간의 경멸과 비웃음 비슷한 것이 스쳤다.

노백의 부인이 물었다.

"고루노괴 그 영감탱이는 잘 있나요?"

허민오는 다시 노백의 부인을 바라보았다. 그리고 허민오가 천천히 말했다.

"죽었소이다."

"하!"

노백의 부인이 차갑게 웃었다.

하지만 허민오는 웃지 않았다. 그는 아무런 말 없이 그녀의 얼굴을 가만히 쳐다보았다.

노백의 부인의 얼굴에서 웃음이 사라졌다. 그녀가 고개를 갸웃거렸다.

"정말인가 보네? 내가 봤을 땐 벽에 똥칠을 하면서도 잘살 영감 같았는데……. 그래, 누군가요?"

"……?"

"누가 그 영감을 죽였냔 말이에요?"

"하아……."

허민오는 저 멀리 떨어져 있는 혜림을 바라보았다. 그녀는 이쪽을 빤히 쳐다보고 있었다. 허민오와 눈길이 마주치자 그녀는 배시시 웃었다.

노백의 부인도 허민오를 따라 혜림을 쳐다보았다.

"그래요. 저 아이가……. 그것보다 정말 착한 아이네? 저기서 계속 할아버지를 기다리다니……."

노백의 부인이 다시 말했다.

"난 저 아이를 가지고 싶군요. 어때요, 저 계집을 나에게 줄 맘은 없나요?"

허민오가 노백의 부인을 쳐다보았다.

"부인께서는 저 아이가 두렵지 않은 것이오?"

"별로……."

노백의 부인은 고개를 혼들었다

"어차피 저 아이의 정체가 고루노괴가 만든 괴물이라면 실패작일 게 뻔한데 두려워할 필요가 있을까요?"

노백의 부인이 환하게 웃었다. 그리고 그녀는 천천히 물었다.

"정말 나에게 줄 맘은 없나요?"

"저 아이는 물건이 아니오."

"하, 웃기시네요. 노인의 말투는 저 아이가 마치 사람이라도 된다는 투로군요."

"……."

허민오가 고개를 끄덕였다.

노백의 부인이 깔깔거리며 웃었다.

"오호호호홋, 제발 그만 좀 웃기라고 말해 주고 싶네. 저 아이는 노인의 생각과는 달리 사람이 아니에요. 안 그래요? 이미 노인도 알고 있잖아요. 노인에게 무슨 사연이 있어서 저 아이를 사람 취급을 하고 있는 건지 전 잘 몰라요. 알고 싶지도 않고. 다만 저 아이는 말 그대로 괴물이라는 거죠. 노인의 바람과는 전혀 달라요."

허민오는 묵묵히 듣고 있었다. 하지만 그의 표정은 차갑게 식어가고 있었다.

노백의 부인은 아랑곳하지 않았다. 오히려 허민오를 놀리듯이 짓궂게 말했다.

"이번에는 기분 나빠 죽겠다는 얼굴이네? 노인을 좀 더 놀려주고 싶어져요. 오호호호홋!"

이번에는 손으로 입까지 가리고 웃어댔다. 그리고 노백의 부인이 말을 이었다.

"그래서 몇 마디만 더 할게요. 노인이 아무리 부정해도 저 아이가 괴물이라는 사실은 변함이 없어요. 그리고 나는 그런 괴물을 가지고 싶다는 거예요. 저 아이를 저에게 주시겠어요?"

"부인은 저 아이를 곁에 두고 무엇을 할 작정이시오? 부인 말처럼 괴물인데……."

"우선 재밌잖아요. 남들이 못 가지고 있는 괴물을 가진다. 가슴이 다 두근거려요. 글쎄… 무엇을 했으면 좋을까요? 토막을 내서 개에게 먹일까요?"

노백의 부인은 여전히 짓궂은 농담이라도 하는 듯했다. 특유의 매력적인 눈웃음이 얼굴 전체로 번졌다.

허민오가 천천히 말했다.

"나는… 저 아이와 약속을 했소이다."

"무슨 약속 말인가요?"

"함께 기련산에 가기로 말이오. 난 그 약속을 지키고 싶소."

"그래서 못 주겠다는 말인가요?"

노백의 부인의 눈빛이 달라졌다. 날카롭게 곤두선 눈으로 허민오를 노려보았다.

하지만 허민오는 고개를 끄덕이고 있었다.

"하!"

노백의 부인이 차갑게 웃었다.

"그래요? 하지만 어쩌죠? 전 제가 가지고 싶은 건 기필코 가져야 직성이 풀리는 나쁜 계집인데……. 안됐지만 노인은 여기서 죽어주세요."

노백의 부인이 고개를 돌렸다.

그녀는 넓은 벌판 한가운데 덩그러니 놓여 있는 가마 앞에 서 있는 가마꾼에게 눈짓을 보냈다.

가마꾼은 고개를 끄덕이고 앞으로 나섰다.

그리고 가마꾼은 웃옷을 벗었다.

허민오는 하마터면 크게 웃을 뻔했다.

왜소했다.

갈비뼈가 다 드러날 정도였다. 피죽도 못 얻어먹은 듯한 모습이었다.

그런 사람이 웃옷을 벗어젖히다니. 그러나……

가마꾼의 얼굴이 크게 일그러졌다. 팔뚝의 심줄이 지렁이처럼 붉거

지며 꿈틀거렸다.

빠바바바빡!

가마꾼의 온몸에서 모든 뼈마디에서 갑자기 폭죽을 터뜨리는 듯한 소리가 일어났다.

그 소리는 쉽사리 그치지 않았다.

허민오는 웃을 수 없었다.

가마꾼의 왜소한 체구가 조금씩 부풀어 올랐다. 뼈마디가 앙상한 팔에 우람한 근육이 생겨났다.

피부도 시커멓게 변하고 있었다.

허민오는 정신이 없었다.

눈앞에서 가마꾼이 보여주는 재간은 보통 재간이 아니었다.

저런 괴상한 재간으로 이름을 얻은 사람은 허민오가 알기엔 단 여섯 사람이었다. 그들은 한 집안의 형제였다. 그것도 여섯 쌍둥이였다. 그러나 그 여섯 쌍둥이 중에 다섯은 이미 죽었다.

이십여 년 전에 일어난 어떤 '사건'에 휘말려 죽은 것이다. 어떤 부인이 자신의 남편을 죽인 그런 몹쓸 사건······.

그 사건에서 살아남은 사람은 오직 셋째.

부인을 구출하고 부인과 함께 도주했다던 그 셋째만이 유일하게 살아남은 사람이었다.

이름은 없었다. 단순히 검은 호랑이, 흑호(黑虎)라고 불리는 그런 남자였다.

몸놀림이 마치 비호(飛虎)처럼 빠른 자라고 했다.

"철두, 권사, 이번에는 흑호······."

허민오가 나지막이 중얼거렸다. 그러고 보니 전부 한 번은 들어본 이름이었다.

허민오는 가마꾼에게 가 있던 눈을 돌렸다. 그는 노백의 부인의 얼굴을 물끄러미 바라보고 말했다.

"이제 나는 부인이 누구인지 알겠구려."

"그래요? 제가 누군가요?"

노백의 부인이 쌩긋이 웃었다.

허민오는 담담하게 입을 열었다.

"앵무(鸚鵡)."

"……!"

노백의 부인이 몸을 가늘게 떨었다.

그녀는 아무런 말이 없었다. 긍정도 부정도 하지 않고 그녀가 고개를 돌렸다.

우득! 우두둑!

그때까지도 흑호의 몸속에서는 뼈마디가 계속 부딪치고 있었다.

허민오는 천천히 말했다.

"앵무 맞소?"

노백의 부인이 고개를 짧게 한 번 끄덕였다.

"그래요. 제가 사람들이 손가락질하는 계집 앵무예요. 본명보다는 그 이름이 더 유명하지요. 게다가 자기 손으로 남편을 죽인 여자죠."

앵무가 처연하게 웃었다.

허민오는 잠시 침묵했다. 그리고 그가 천천히 말했다.

"노백과는 어찌 되는 사이시오?"

노백의 부인 앵무는 모호한 웃음을 배어 물었다.

"그 사람도 제 남편이에요."

허민오는 고개를 끄덕였다. 그러나 그의 눈빛은 무겁게 가라앉아 있었다.

이십 년도 더 되어버린 아주 오래전의 일이었다.

한 사람이 있었다.

그 사람은,

그래…….

그 사람은 모든 것을 가지고 있었다. 그리고 그 사람의 곁에는 늘 아름다운 부인이 있었다.

두 사람은 언제나 같이 있었다.

그 모습은 너무나도 자연스러웠다. 그만큼 어울리는 한 쌍도 없었다.

어느 날,

그 사람이 죽었다.

목을 매달고 죽어 있었다. 하지만 그 사람은 목을 매달기도 전에 이미 죽어 있었다고 한다. 사인은 독살이었다.

그 사람이 독으로 죽다니……!

아무도 믿지 않았다.

하나 그 사람을 독살시킨 범인이 잡혔다.

사람들은 분노했다.

그들은 그 사람을 죽인 범인에게 돌을 집어 던졌다. 그리고 그들은 욕을 했다.

입에 담기조차 거북한 욕설이었다.

범인은 그 사람의 부인이었다. 그 아름다운 부인이 그 사람을 죽인 것이다.

흔한 일은 아니었다. 그러나 있을 수 없는 일도 아니다.

만약 그 사람이 평범한 남자였다면…….

그랬다면 그 사람의 죽음은 그냥 허공 중에 흩어지는 먼지처럼 되었을 것이다.

하지만 독살당한 사람은 사천의 명문 당가(唐哥)의 젊은 가주였다. 암기와 독공이라면 타의 추종을 불허한다는 그 당가의 가주였던 것이다.

허민오는 멍하니 앵무를 쳐다보고 있었다.

말도 안 되는 일이다.

사천 땅은 당가의 터전이었다.

당가의 법은 곧 사천 땅의 법이다. 앵무가 안주인으로 있었던 이십여 년 전에도 그랬지만 지금도 마찬가지다.

당가에서는 스무 해 동안이나 그녀를 찾고 있었다. 하지만 찾을 수가 없었다.

어쩌면 당연한 일이다.

앵무의 현재 남편이 노백이었다.

노백은 사천의 밤을 지배한다. 그리고 노백은 유명하다. 사천 땅에서 가장 유명한 남자였다. 그런 남자가 한 사람을 숨기려고 맘을 먹었다.

누구도 찾지 못할 것이다.

허민오는 어수선해진 마음을 감추려고 눈을 감았다가 다시 떴다.

상황이 변했다.

어느새 흑호가 눈앞에 서 있었다. 그리고 앵무의 모습은 흑호의 몸에 가려졌다.

흑호는 눈을 번뜩였다.

촤악!

손이었다. 그것보단 엄지를 제외한 네 손가락이었고 손가락보단 그 끝에 달려 있는 시커멓게 변해 버린 손톱이었다.

흑호의 손톱은 허민오의 눈을 노렸다.

허민오는 흑호의 발끝을 보고 있었다. 이미 흑호의 공격은 예측하고 있었다는 말이다.

허민오가 날아올랐다. 흑호의 손톱이 아슬아슬하게 허민오의 발 밑을 스쳐 지나갔다.

허민오는 흑호의 머리를 뛰어넘었다.

머리부터 떨어지던 허민오의 눈이 빛났다. 그가 본 것은 흑호의 목덜미였다.

허민오는 흑호의 목 뒤쪽을 향해 손을 뻗었다.

파앙!

양손 바닥이 흑호의 목을 쳤다.

흑호의 몸이 크게 휘청거렸다.

허민오가 몸을 뒤틀었다.

머리부터 떨어지던 허민오는 몸을 바로하고 땅 위로 사뿐히 내려섰다.

흙 위에는 발자국 하나 남지 않았다. 너무나도 조용한, 그리고 아름다운 무희(舞姬)의 우아한 몸짓 같았다.

허민오의 얼굴은 일그러져 있었다.

살인만큼은 하고 싶지 않았다.

그러나 참장이었다. 권사의 단단한 가슴뼈도 박살낸 그 기술이다. 무엇보다 흑호의 목을 때린 손바닥이 아릿하게 아팠다.

그때 허민오는 알 수 있었다.

흑호는 분명히 죽었다. 모든 것이 끝이 났다. 하지만 어쩔 수 없는 일이었다.

그렇게 자신을 위로하고 허민오가 돌아섰다.

허민오의 눈동자가 크게 흔들렸다.

흑호가 마치 목 운동이라도 하듯이 천천히 고개를 돌리고 있었다.

다섯의 넷

혜림의 고개가 한쪽으로 기울어졌다.

벌판을 쳐다보는 그녀의 두 눈은 유난히 반짝이고 있었다.

신기했다.

갈비뼈가 드러날 정도로 말라비틀어진 몸이 조금씩 커지고 피부 색도 시커멓게 변하고 있었다.

그것만으로도 그녀의 흥미를 끌기엔 충분했다.

온몸이 시커멓게 변해 버린 '아저씨' 가 그대로 '할아버지' 에게 달려들었다.

그녀는 눈을 동그랗게 떴다.

빨랐다.

검은 바람이 할아버지를 향해 몰아치는 것 같았다.

할아버지의 옷자락이 찢어질 정도로 펄럭거린다고 느낀 것은 그녀만의 착각이었다.

가만히 서 있던 할아버지가 날아올랐다.

할아버지는 '시커먼 아저씨'의 머리 위를 뛰어넘었다.

그때 시커먼 아저씨의 몸이 크게 휘청거렸다. 그리고 아저씨는 돌아서서 마치 목 운동 하듯이 고개를 한 바퀴 돌렸다.

이번엔 할아버지가 먼저 움직였다. 시커먼 아저씨를 향해 돌격해 들어간 할아버지가 손을 뻗었다. 할아버지의 손바닥이 아저씨의 가슴을 노렸다.

시커먼 아저씨의 몸이 흐릿해지는 것 같더니 허깨비처럼 할아버지 등 뒤에서 나타났다.

할아버지가 재빨리 돌아섰다. 그러나 시커먼 아저씨는 그곳에 없었다.

이미 할아버지의 옆으로 돌아 나간 시커먼 아저씨가 할아버지를 덮쳤다. 그리고 시커먼 아저씨의 단단한 주먹은 할아버지의 관자놀이를 노렸다.

할아버지의 몸이 뒤로 스르륵 미끄러졌다. 시커먼 아저씨의 주먹은 헛되이 허공을 갈랐다.

그녀는 눈을 두어 번인가 깜빡거렸다. 마치 '지루한' 술래잡기를 보는 것 같았다. 흥미가 떨어졌다.

그녀는 고개를 숙였다.

그때였다.

꽈아앙!

엄청난 굉음이 들렸다. 어찌나 큰 소리였던지 땅이 다 흔들리는 것 같았다.

그녀는 깜짝 놀라 급히 허민오가 있는 곳을 쳐다보았다. 그리고 몸이 그대로 굳어지고 말았다.

허민오의 몸이 튕기듯이 뒤로 밀려났다.

흑호의 거무죽죽한 몸은 단단했다. 가히 무쇠덩어리였다. 주먹도 마찬가지였다.

손바닥과 주먹이 부딪치자 손목은 시큰거렸고, 허민오의 발바닥이 지면에서 떨어졌다.

그리고 흑호의 몸놀림은 빨랐다. 들려오는 소문처럼 비호 같았다.

휘익!

바람 소리만 남겨두고 흑호가 사라졌다.

쒸이익!

정수리로 찾아오는 가슴 떨리는 예기(銳氣)!

허민오가 다급히 하늘을 올려다보았다. 그의 눈동자가 크게 흔들렸다. 허민오는 옆으로 돌아눕듯이 허공에 떠 있는 흑호를 발견했다. 그리고 흑호의 팔꿈치가 곧장 떨어지고 있었다.

파아아아……

무시무시한 압력이 허민오의 얼굴을 내리눌렀다. 얼굴 가죽이 그대로 벗겨질 것만 같았다.

절체절명의 순간,

허민오는 양 어깨를 세차게 흔들었다.

쾅!

공간을 뛰어넘듯이 허민오의 몸이 한번 사라졌다가 이 장쯤 앞에 다시 나타났다.

허민오가 거칠어진 숨을 가다듬었다. 그러나 한가하게 숨이나 가다듬고 있을 틈이 없었다.

허공에서 떨어져 내린 흑호가 허깨비처럼 쓰윽 눈앞으로 다가왔다.

흑호가 주먹을 뻗었다.

허민오의 눈빛이 달라졌다.

그는 마치 모든 것을 포기한 사람처럼 흑호를 향해 돌격해 들어갔다.

흑호의 주먹이 허민오의 가슴뼈를 박살 낼 찰나,

빙글!

허민오가 몸을 오른쪽으로 비틀면서 팔꿈치를 들어 올렸다.

빠각!

왼팔이 부서졌다.

"크으윽!"

허민오가 비명을 내질렀다. 그러나 그의 몸은 흑호의 옆구리를 돌아 나가고 있었다.

누가 뭐래도 흑호는 고수다.

그것도 무지막지하게 강한 고수.

허민오는 흑호 같은 고수를 만난 적이 없었다.

당연한 이야기 같지만 허민오에게 찾아올 기회는 그리 많지 않았다.

어쩌면 이번이 마지막일지도 모른다. 그래서 자신의 몸을 내걸고 도박을 시도했다.

허민오는 절박했다. 자신이 알고 있는 발재간을 모두 다 부려서라도 흑호의 등 뒤로 돌아 나가야 한다. 그리고 절박한 만큼 빨랐다.

허민오는 흑호의 등 뒤로 돌아 나가는 데 성공했다.

파파파파파팡!

무자비한 연속 공격이다.

그야말로 순식간에 일어난 일이었다.

허민오의 손바닥이 흑호의 등을 열일곱 번이나 때렸다. 그것도 한 치의 오차도 없이 똑같은 타격점(打擊點)이었다.

아무리 무쇠 같은 흑호의 몸뚱이라도 이번만큼은······.

예상은 맞아떨어졌다.

푸악!

흑호의 입에서 피가 뿜어졌다. 그러나 흑호는 쓰러지지 않았다.

허민오가 이를 악물었다.

그는 손바닥을 내밀었다. 흑호의 등을 향해.

마지막 일격이었다.

파아앙!

모든 것이 정지했다.

시간도, 허민오의 손바닥도, 그리고 들썩들썩 어깨를 움찔거리던 흑호의 움직임마저도 멈추었다.

흑호는 서 있었다.

허민오의 얼굴이 일그러졌다.

끝이다.

더 이상 흑호를 상대할 힘이 없었다.

느릿하게…

흑호가 고개를 돌렸다.

허민오의 눈빛이 암담하게 가라앉았다. 그리고 흑호의 머리가 반쯤 돌아갔다.

그때 흑호는 고꾸라지듯이 무너졌다.

주르륵…….

흑호의 입에서 흘러나온 피가 흙 속으로 스며들었다. 하지만 죽지는 않은 모양이다. 깜빡거리는 눈으로 허민오를 계속 노려보고 있었다.

"하아……."

한숨을 길게 내쉬던 허민오가 털썩 주저앉았다.

참장은 한순간에 젖 먹던 힘까지 쥐어 짜내 터뜨리는 암경(暗勁)의 일종이다. 연속적으로 상대를 때리다 보면 몸에 무리가 가는 것은 당연했다. 하지만…….

사람이 하나도 죽지 않았다.

모든 것이 잘 해결된 것 같았다.

허민오는 고개를 돌렸다.

혜림은 그때까지도 그곳에 가만히 서 있었다.

허민오는 그녀를 향해 웃어주려고 했다. 하지만 기력이 다했는지 마음대로 되지 않았다.

그녀가 콩콩 뛰어왔다.

잠시 후 허민오가 미간을 찌푸렸다.

누군가 혜림의 앞을 가로막았다. 이곳까지 안내한 점쟁이 노인이었다.

혜림이 머리를 들어 점쟁이 노인을 쳐다보았다. 그녀가 고개를 갸웃거렸다.

그뿐만이 아니었다.

차가운 손 하나가 허민오의 목을 붙잡았다.

"궁금해서 미칠 지경이네요. 도대체 노인은 누구세요?"

솜처럼 부드러운 여인의 목소리였다.

허민오는 가마가 있는 곳으로 시선을 돌렸다. 아무도 없었다.

부드러운 목소리의 주인은 노백의 부인 앵무였다. 그녀가 허민오의 등 뒤에서 느닷없이 나타나 그의 목에 수도(手刀)를 바짝 들이밀고 있었다.

허민오의 안색이 굳었다. 상대는 한때나마 사천의 패자(覇者)인 당가의 안주인이다. 앵무가 마음만 먹는다면 허민오의 목은 그대로 부러질 것이다.

허민오는 망설였다.

앵무는 사람을 협박하는 법을 알고 있었다.

"빨리요!"

재촉과 함께 허민오의 목을 툭 건드리는 그녀의 수도는 목소리만큼이나 싸늘했다.

손발이 차가운 사람은 정(情)이 없다고들 한다.

맞는 말 같았다.

허민오는 대답했다.

"말씀드릴 테니 이 손은 치워주시겠소?"

앵무는 고개를 한번 갸웃했다. 그리고 그녀가 확인을 하듯이 물었다.

"정말인가요?"

허민오는 무겁게 고개를 끄덕였다.

"이 나이에 거짓말은… 좀 그렇지 않소?"

"좋아요."

앵무는 허민오의 목에 갖다 댄 손을 거두어들이고 한 걸음 물러났다.

기분이 좋아진 탓인지 앵무가 쌩글거리며 웃었다. 그리고 그녀는 콧노래를 흥얼거리며 혜림에게 고개를 돌렸다.

앵무의 얼굴에서 특유의 눈웃음이 사라졌다. 그녀의 기대와는 다른 상황으로 변해 있었다.

데구르르…….

점쟁이 노인의 머리가 땅바닥에 굴러다녔다.

혜림의 옆에는 냉막한 인상의 청년이 서 있었다. 그리고 청년이 손에 쥐고 있는 얇은 예도(銳刀)에는 피가 묻었다.

방지웅이었다.

혜림은 뭔가 이상하다는 듯이 등 뒤에 있는 큰 바위를 물끄러미 바라보았다.

"방지웅, 네가 감히……!"

앵무는 앙칼지게 소리쳤다.

"죄송합니다."

방지웅은 침착하게 허리를 숙였다. 그리고 허리를 숙인 상태에서 머리만 들었다.

"하지만 노백의 명령입니다."

"그 양반이……!"

앵무가 눈썹과 눈썹 사이를 한껏 찌푸렸다.

"지금 그 양반은 어디 계시느냐?"

방지웅은 허리를 들었다.

"모릅니다."

머리를 흔드는 방지웅을 보며 앵무는 차갑게 웃었다.

"하! 거짓말이겠지?"

앵무는 방지웅의 대답을 짐작했다. 이번에도 방지웅은 머리를 흔들 것이다.

그러나 예상과 달리 방지웅은 순순히 고개를 끄덕였다.

"네, 마님 말씀대로 거짓말입니다. 하지만 노백이 어디에 계시는지 저는 모릅니다."

"네놈이……!"

앵무가 방지웅을 노려보았다. 한낱 말장난 같은 심드렁한 방지웅의 대꾸에 화가 났다.

잠시 후 앵무는 같잖다는 듯이 웃었다.

"하! 그래, 그 양반이 또 뭐라고 하더냐?"

"노백께서는 이 아이를 마님에게서 지키라고 하셨습니다."

방지웅은 있는 그대로 말했다.

앵무가 모호하게 웃었다.

"재밌네……."

앵무는 돌아섰다. 그리고 그녀는 활짝 열려진 가마 안으로 들어갔다.

"오라버니들, 언제까지 그렇게 볼품없이 쓰러져 계실 건가요? 이제 그만 가야죠."

바닥에 쓰러진 흑호와 권사 두 사람에게 하는 말이었다.

가마의 문이 닫혔다.

앵무의 모습이 사라졌다.

그때까지 방지웅은 앵무의 모습을 지켜보았다.

"그 아이를 지켜줘서 고맙네."

허민오가 힘없는 목소리로 말했다.

멀어지는 가마에게서 시선을 거두고 방지웅은 허민오를 쳐다보았다.

"괜찮으십니까?"

허민오가 고개를 끄덕였다. 그리고 그는 방지웅 옆에 서 있는 혜림을 쳐다보았다.

"잠시만 기다려 주겠느냐?"

"응, 기다릴게."

그녀는 고개를 끄덕였다.

허민오가 빙긋이 웃으며 말했다.

"착하구나."

"헤에……."

그녀는 허민오를 따라 배시시 웃었다.

허민오가 눈을 감았다.

잠시 후 허민오의 얼굴이 검붉게 달아올랐다.

혜림은 할아버지의 저런 얼굴을 처음 보았다. 놀란 그녀가 앞으로 콩콩 뛰어갔다.

하지만 그녀는 몇 발자국 나가기도 전에 노골적으로 싫은 표정을 보이며 얼른 물러났다.

그녀가 인상을 한껏 찌푸리고 허민오를 쳐다보았다. 할아버지의 몸에서는 뜨거운 기운이 뿜어져 나오고 있었다.

다섯의 다섯

노을이 곱게 물들었던 하늘은 깜깜해졌다.

서서히… 칙칙한 밤의 내음이 진동하기 시작했다. 시커먼 하늘에는 별이 반짝거리고 있었다.

밤이라 그런지 관도에는 사람들이 보이지 않았다.

하지만 만약 다른 길이 있었다면 허민오는 분명히 그 길로 돌아갔을 것이다.

거리를 걷다 보면 기분이 나빠진다고나 할까. 사람들은 보이지 않았지만 끈적끈적한 살기가 거리 곳곳에 스며들어 있었다.

그뿐만이 아니었다.

피 냄새…….

마치 누군가가 물 대신 비린내가 풀풀 풍기는 피로 거리를 씻어버린 것 같았다.

가슴에 안겨 있는 혜림도 그것을 느끼고 있나 보다. 그녀가 허만오의 목을 꼭 끌어안았다.

어쨌든 다른 길이 있었다면 돌아갔을 것이다. 하지만 길은 이것 하나뿐이었다.

"할아버지."

혜림이 허민오를 불렀다.

허민오는 가슴에 안겨 있는 그녀를 내려다보았다.

"왜 그러느냐?"

"있잖아, 저 아저씨는 아주 나쁜 사람인가 봐."

혜림은 한쪽 골목을 가리켰다.

허민오는 그게 무슨 소리냐는 듯이 그녀가 가리키는 곳으로 시선을 돌렸다.

허민오의 얼굴이 당혹감으로 물들었다. 그리고 그녀가 이렇게 말했다.

"혜림이 말이 맞잖아. 저 아저씨는 나쁜 사람이니까 저렇게 사람들이 때려주는 거잖아."

꽝!

어떤 사내의 머리가 벽에 부딪쳐 깨졌다.

피가 솟구쳤다. 그리고 그 사내의 얼굴에 주먹이 날아들었다.

하나가 아니었다.

둘……?

아니, 여섯?

제대로 볼 수도 없었다.

주먹들이 날아온다고 느꼈을 때 이미 그의 얼굴은 엉망이 되었다.

퍼퍼퍼퍽……!

코가 움푹 꺼졌다. 광대뼈가 부서지고 입에서는 피가 터져 나왔다.

그러나 사내는 비명도 지를 수 없었다. 비명을 지르려고 하면 어디

선가 발이 날아와 아랫배에 그대로 꽂혔다. 사내는 배를 부여잡고 쓰러졌다.

"우웩!"

저녁에 먹었던 만두가 올라왔다.

만두를 토해내는 와중에도 사내의 얼굴은 짓뭉개지고 있었다.

사내의 눈동자가 풀렸다.

그래도 사내는 안간힘을 다해 일어서려고 했다. 사내의 머리 위로 무언가 덮쳤다. 몰매를 맞고 있던 사내의 눈이 커졌다. 그 다음은 체념이었다.

퍼억!

자그마한 손도끼였다. 도끼는 집단 구타를 당하는 사내의 머리에 그대로 꽂혔다.

쩍!

괴이한 음향과 함께 사내의 머리가 두 쪽으로 갈라졌다. 손도끼는 시퍼런 날을 자랑하며 사내의 머리에서 빠져나왔다.

혜림의 눈앞에 손 하나가 나타났다. 주름살이 가득한 허민오의 손이었다.

허민오가 그녀의 눈을 가리고 말했다.

"저런 건 보지 않아도 된단다."

"음… 보고 싶은데. 그치만 혜림이는 착해. 그러니까 할아버지 말 들을게."

"고맙구나."

허민오가 희미하게 웃었다. 그리고 옆에 있는 방지웅이 중얼거렸다.

"오가(五哥) 놈이군."

"아는 사람인가?"

허민오는 고개를 돌려 방지웅을 쳐다보았다.

방지웅이 대답했다.

"어릴 때부터 같이 놀던 놈이었죠."

"하아……."

허민오는 한숨을 내쉬었다. 그리고 그가 다시 방지웅에게 물었다.

"아무렇지도 않은 겐가?"

방지웅의 표정은 아무런 변화가 없었다.

"뭐… 결국 저렇게 될 팔자입니다. 마님을 믿고 너무 설친다 싶었는데……."

그때였다.

쿵!

묵직한 물체 하나가 두 사람 앞에 떨어졌다.

허민오는 발 밑에 떨어진 물체를 보고 화들짝 놀라서 물러났다. 머리끝이 쭈뼛 곤두섰다.

사람이었다.

그것도 벌거벗은 여자였다. 손발이 꽁꽁 묶인 채 얻어터진 여자 말이다.

여자의 얼굴은 처참하게 변해 있었다. 금방이라도 숨이 끊어질 듯했다.

여자는 송충이처럼 꿈틀대기 시작했다.

제6장

나는 어른들이 정말 이상하다고 생각한다

셋의 하나

7월 5일 밤.

"무슨 일이야?"

혜림이 물었다.

허민오는 대꾸할 정신이 없었다.

이런 광경은 난생처음이다. 얼굴이 생명인 여자를 저렇게 해놓다니.

"무슨 일이냐고 물었잖아!"

혜림은 짜증을 내듯이 소리쳤다. 그리고 그녀의 말에 허민오가 정신을 차렸다.

"나무로 만든 큰 상자가 떨어졌구나. 넌 신경 쓰지 말거라."

얼버무린 허민오가 방지웅을 돌아보았다.

하지만 방지웅은 허민오를 보고 있지 않았다.

땅바닥에서 꿈틀대는 여자를 내려다보는 방지웅의 얼굴에 변화가 일어났다.

붉은 입술이 약간 벌어지고 혀가 나왔다. 그 혀가 입술을 한번 쓱 핥았다. 그리고 침이 넘어가는지 목젖이 올라갔다가 내려왔다.

방지웅이 머리 위를 올려다본다.

어떤 사내의 얼굴이 거기, 그러니까 옆의 건물의 이층 창문 밖으로 내밀어져 있었다.

사내는 방지웅을 알아보고 손을 흔들었다.

"방 대형, 죄송합니다."

사내의 얼굴이 창문 안으로 사라진다.

그제야 방지웅은 옆에서 허민오가 자신을 빤히 쳐다보고 있다는 사실을 깨달았다.

방지웅이 물었다.

"제 얼굴에 뭐가 묻었습니까?"

"별것 아니라네. 자네도 인간 같아 보여서……."

'신기하다'는 말은 차마 하지 못했다.

허민오가 다시 말했다.

"노백은 어디 계신가?"

셋의 둘

누구나 한눈에 알아볼 수 있는 곳이었다.

일상 생활에 필요한 여러 가지 것들을 파는 허름한 구멍 가게. 잡화포(雜貨鋪)였다. 간판이랍시고 내어 걸린 나무 판자에는 글자가 군데군데 빠져 있었다. 그 때문에 가게의 이름은 제대로 알 수가 없었다.

가게 안에서부터 백발이 성성하고 등이 구부정한 늙은이가 걸어나왔다.

방지웅은 가게의 주인이라고 생각되는 늙은이에게 허리를 숙였다.

늙은이는 손을 들어 엄지손가락으로 등 뒤를 가리켰다.

방지웅이 허민오에게 말했다.

"따라오십시오."

허민오는 품에 안겨 있는 혜림을 내려다보았다.

언제 잠이 들었는지 그녀는 두 눈을 꼭 감고 고른 숨을 내쉬고 있었다.

하긴 그녀도 피곤할 것이다.

허민오는 혜림을 보듬어 안으며 고개를 들었다. 그리고 그는 쓴웃음을 지을 수밖에 없었다.

늙은이가 허민오를 물끄러미 쳐다보고 있었다. 빨리 가게로 안 들어가지 않고 뭐 하냐는 듯이.

허민오는 늙은이를 스쳐 가게 안으로 들어갔다. 그리고…

홀로 남은 늙은이가 가게를 정리하기 시작했다.

삐걱.

방문이 열린 것은 노백이 물에 만 국수를 막 먹으려고 하던 때였다.

노백은 방문 앞을 쳐다보았다.

잠시 후 노백은 관심없다는 듯이 젓가락을 들었다. 그리고 탁자 위에 올려진 그릇 가까이로 고개를 숙였다.

"후루룩……."

국수의 긴 면발이 한입에 다 들어갔다. 입 안 가득 물고 있는 면발을 꿀꺽 집어삼키고 노백은 고개를 들었다.

"그 여자는?"

노백이 물었다.

방지웅은 대답했다.

"재밌다고만 하셨습니다."

"그래? 아이들은?"

"여기로 오다가 봤는데 다들 잘하고 있었습니다."

"잘 알았다. 그런데 당신, 무언가 할 말이라도 있나?"

노백은 허민오를 쳐다보았다.

허민오는 두 번인가 무슨 말을 하려고 하다가 머뭇거렸다. 그러다 조용한 음성으로 말했다.

"혹시 노백께서는 앵무(鸚鵡)라는 이름을 아시오?"

굳이 대답을 들을 필요도 없었다. 노백의 표정이 무겁게 가라앉았다.

허민오가 다시 물었다.

"당가에서도 알고 있소? 이번 일, 그러니까 부인의 목숨을 원하는 게 당가 쪽과도 얽혀 있냐는 말이오."

"그만!"

노백이 손을 내저었다.

"그 일은 당신과 상관없는 일이다."

"하아……."

천장을 올려다보는 허민오의 표정이 우울해졌다. 일이 자꾸만 커지는 듯한 느낌이다.

하기야…

이제 와서 발을 뺄 수도 없었다. 혜림이 앵무의 아들이 죽인 건 사실이었다. 그 일을 자신이 책임진다는 것은 말도 안 되는 일이지만.

여하튼 노백을 도와서 손해는 나지 않을 것이다. 그리고…….

노백이 자리에서 일어났다.

"자, 이제 그만 나가자."

"어디로 말입니까?"

가만히 두 사람의 대화를 듣고 있던 방지웅이 물었다.

노백이 대답했다.

"그 똑똑한 여자에게……. 지금쯤이면 그 여자는 우리들을 기다리고 있을 거다."

"네, 힘든 싸움이 될 것 같군요."

"……."

노백이 방지웅의 얼굴을 가만히 쳐다보았다. 도대체가 이놈은 표정의 변화가 없었다.

노백은 고개를 흔들었다. 그리고 그는 허민오의 가슴에 안긴 채 잠을 자는 혜림을 쳐다보았다.

노백이 웃었다.

"글쎄, 어쩌면 엄청 쉬울지도 모른다."

말과 함께 노백이 방문 밖으로 나갔다.

허민오는 혜림을 한번 쳐다보았다. 그녀는 여전히 눈을 꼭 감고 잠을 자고 있었다. 너무 오랫동안 그녀를 안고 있어서인지 팔이 뻐근했다.

허민오가 그녀를 등에 업었다.

가게의 뒷문이 조용히 열린다.

노백과 방지웅, 그리고 혜림을 등에 업은 허민오가 뒷문을 통해 골목으로 나왔다.

뒷문 앞에는 한 사람이 그들을 기다리고 있었다.

"나오셨습니까?"

가게 주인인 늙은이였다.

노백이 물었다.

"준비는?"

"끝났습니다."

"모두 몇 명이냐?"

늙은이는 대답없이 주먹을 들었다. 그리고 그는 주먹을 쥔 상태에서 엄지와 새끼손가락만 펼쳤다.

늙은이가 손을 몇 번 흔들었다.

모두 여섯 번이다.

엄지와 새끼손가락.

열이라는 숫자를 가리키는 '그들' 만의 손짓이었다. 그리고 여섯 번이나 흔들었다는 것은 육십이 조금 넘는 숫자라는 소리였다.

노백은 말했다.

"관부 쪽은?"

"황금 열다섯 관(貫:무게를 재는 단위의 하나. 1관은 3.7kg에 해당한다)에 이야기는 끝이 났고, 그들은 눈감아주기로 했습니다. 너무 시끄럽지 않게만 해달라고 했습니다."

"음……."

노백은 고개를 끄덕거리고는 등을 돌렸다.

늙은이가 골목 밖으로 걸어가는 노백의 뒤에 섰다. 늙은이는 방지웅과 어깨를 나란히 하고 노백을 따라 골목을 벗어났다. 그리고…….

"나오셨습니까!"

골목 끝에서 그들을 기다린 것은 육십네 명이 한꺼번에 허리를 숙이는 광경이었다.

저벅저벅…….

박자도 맞지 않고 제멋대로 들려오는 발걸음 소리에서부터 허민오는 기가 죽었다.

예순일곱.

아니, 자신까지 합해 예순여덟 명이었다. 그 많은 사람들이 큰길을 가득 메우고 걸어가고 있었다.

허민오는 혀를 내둘렀다. 이 정도면 보통 한 지방의 패권을 거머쥔 큰 문파의 인원과 맞먹는다. 어디에 내놓아도 꿀릴 것 같지 않았다. 하기야 사천 땅의 밤을 지배한다는 노백이 만든 조직이다. 당연하다면 당연한 일이었다. 그리고…….

허민오가 곁눈질로 옆 사람을 힐끔 보았다.

그와 어깨를 나란히 하고 걸어가는 사람은 흑포를 걸치고 있는 중년인이었다. 중년인은 어찌나 깡말랐던지 바람만 심하게 불어도 날아갈 것만 같았다.

하지만 중년인의 손을 내려다본 순간 허민오의 눈동자는 가볍게 흔들렸다.

깡마른 손목 때문인지 중년인의 손은 유난히 커 보였다. 그리고 장갑을 끼고 있었다.

까만 가죽 장갑이었다. 특이하게도 장갑의 손등에는 귀신의 얼굴이 새겨져 있었다.

'귀수(鬼手)라…….'

허민오는 장갑을 끼고 있는 중년인이 누구인지 알고 있었다.

그러나 중년인 귀수는 허민오를 알지 못했다. 굳이 따진다면 두 사람은 남남은 아니고 그냥 남인 그런 관계였다.

허민오가 고개를 흔들었다.

포쾌들에게 쫓겨서 남만(南蠻) 쪽으로 도망쳤다던 이자가 여기에 있을 줄이야.

귀수뿐만이 아니었다. 사람들의 눈을 피해서 자취를 감추었거나 혹은 죽었다고 알려진 고수들을 여럿 보았다.

허민오는 새삼 '노백' 이라는 이름을 다시 생각해 보았다.

우뚝.

사람들의 행진이 갑자기 멈추었다.

그리고 주위가 너무나도 조용해졌다. 모두들 꿀 먹은 벙어리가 된 것 같았다.

허민오는 바로 옆에 있는 귀수를 쳐다보았다.

귀수는 인상을 찌푸리고 정면을 바라보고 있었다. 다른 사람들도 마찬가지였다.

영문을 모르는 허민오가 귀수를 따라 눈길을 돌렸다.

저 멀리 커다란 집 한 채가 보인다.

비싼 청색 기와를 지붕 위에 올려두었다. 그 때문에 고풍스러운 느낌이 물씬 풍기는 집이었다.

하지만 대문을 바라본 순간 허민오는 구역질을 참아야만 했다.

셋의 셋

대문에 흉하게 내어 걸린 두 구의 시체는 끔찍하다.

처마 밑에는 장명등(長明燈) 몇 개가 환하게 밝혀져 있어서 그들의 모습을 보지 않을래야 보지 않을 수 없었다.

머리는 풀어헤쳐져 있었다.

툭 불거져 나온 두 눈, 그리고 혀는 길게 내어 불렸다. 옷은 갈가리 찢겨져 거의 누더기처럼 변해 버린 지 오래였고 철저하게 짓이겨진 양 팔과 양다리는 힘없이 축 늘어졌다. 그리고 난자당한 가슴과 아랫배에 선 무언가 꾸역꾸역 빠져나오고 있었다.

창자와 오장육부(五臟六腑).

대문 앞에 쌓여가는 내장은 꼭 먹다 버린 음식 찌꺼기를 모아둔 것 같았다.

"더 이상 가까이 오지 말라는 말 같군."

노백은 대문에서 시선을 떼지 않고 말했다.

등 뒤에서 방지웅이 고개를 끄덕였다.

"그보다는 이쪽의 사기를 꺾는다는 뜻이겠지요."

"아마도⋯⋯."

"어쩌실 생각입니까?"

노백이 방지웅을 돌아보았다.

방지웅도 그를 바라보았다.

노백은 두 눈을 빛냈다.

방지웅은 그 눈을 피하지 않았다. 창백한 그의 얼굴은 여전히 무표정했다.

노백은 입술을 열었다. 느릿하게, 하지만 힘있게⋯⋯.

"무시한다."

방지웅은 픽 건조하게 웃었다.

노백이 다시 돌아섰다. 그리고는 제법 멀리 떨어진 대문을 지그시 바라봤다.

대문은 굳건하게 닫혔다. 문 앞에는 여전히 시체 두 구가 매달려 있었다.

노백은 대문의 뒤쪽에 도사리고 있을 위험을 감지했다. 자신이 알고 있는 그 '똑똑한 여자' 는 앉아서 당하고만 있을 만큼 바보는 아니었다.

노백이 말했다.

"가라."

단 한 마디.

그러나 그 말 한마디가 모든 상황을 바꾸었다.

사람들이 대문을 향해 달려들었다.

장관이었다. 밀물처럼 멀어지는 그들의 기세에 금세라도 문짝이 부서질 것만 같았다.

하지만 문은 부서지지 않았다.

대문이 저절로 열리고 있었다. 그리고 또 다른 변화는 너무나도 갑작스레 느닷없이 찾아왔다.

버언쩍!

대문 뒤쪽에서 새하얀 섬광이 번쩍였다.

사람들은 눈을 질끈 감았다. 눈알이 빠지는 기분이 들 정도로 강렬한 빛이었다. 그리고 새하얀 섬광 속에서 사람들의 몸뚱이가 흔적도 없이 녹아내렸다.

콰아아아앙!

첫 번째 폭음이 들렸다.

거대한 불길이 치솟았다. 피 칠을 한 대문이 산산조각났다. 지진이라도 일어난 것처럼 땅이 흔들렸다.

콰아앙!

벽이 갈라 터졌다.

쾅! 쾅!

바닥이 부서지고 거센 돌풍이 휘몰아쳤다. 주먹보다 조금 큰 돌 조각들이 사방으로 튀었다.

노백은 자신도 모르는 사이에 주먹은 꽉 움켜쥐고 있었다. 손톱이 손바닥을 파고들었다.

뚝뚝…….

주먹을 타고 피가 흘렀다.

시커먼 연기 속에서 처절한 비명이 들렸다. 그리고 매캐한 살이 타들어가는 냄새가 바람을 타고 왔다. 연기 속에서 튀어나온 수하들의 온

몸에 불길이 붙었다. 불을 끄기 위해 바닥을 데굴데굴 구르는 몸짓이 애처로웠다. 하지만 그들의 발악은 미약한 꿈틀거림에 지나지 않았다.

안타까운 마음에 노백이 기와집으로 달려가려고 했다.

하지만 달려갈 수 없었다. 등 뒤에서 방지웅이 노백의 허리를 단단히 붙잡고 있었다.

노백이 고개를 돌렸다.

그저 바라보는, 일체의 감정이 느껴지지 않는 방지웅의 유리알 같은 눈알이 거기 있었다.

노백은 멍하니 방지웅을 쳐다보았다. 차츰 노백의 인상이 무섭게 일그러졌다.

잠시 후 노백이 말했다.

"이제 진정이 됐다."

방지웅은 손을 풀고 한 걸음 물러났다. 그는 그래도 안심이 안 된다는 듯이 노백을 바라봤다.

노백이 고개를 흔들었다. 그리고 노백은 살아남은 사람을 살피듯이 주위를 한번 둘러보았다.

문득 노백의 눈빛이 달라졌다.

"뭐.가. 이.렇.게. 시.끄.러.운. 거.야!"

허민오의 등에 업혀 있는 혜림이 깨어났다. 그녀가 투정을 부리듯이 칭얼댔다.

"혜.림.이.는. 시.끄.러.운. 게. 싫.은.데……."

그러나 허민오는 그녀를 달래줄 틈이 없었다.

허민오의 낯빛은 새파랗게 질려 있었다.

귀신의 얼굴은 장갑의 손등에만 그려진 것이 아니다. 손바닥에도 있었다. 그리고 손바닥에 그려진 흉측하게 입을 벌린 귀신의 얼굴이 어느새 목젖 바로 앞에까지 다가와 있었다.

늦었다.

허민오의 양손은 그녀의 엉덩이를 받치고 있었다. 손을 내밀어 반격할 시간이 없다. 그리고 자신의 발놀림이 아무리 빨라도 이미 목을 움켜쥐는 귀수의 손을 피할 수가 없었다.

허민오의 목덜미가 귀수의 커다란 손에 붙잡혔다. 그는 귀수가 자신의 목을 그대로 부러뜨리는 줄만 알았다.

그러나 허민오의 눈앞에서 일어나는 일은 그의 예상과는 전혀 달랐다. 귀수의 몸이 뒤로 주르륵 딸려갔다. 그리고 귀수의 손에 붙잡힌 목덜미가 따끔거렸다. 살가죽이 벗겨졌는지 목에서 피가 흘렀다.

귀수는 크게 놀란 얼굴을 하고 있었다.

쿵!

주르륵 딸려간 귀수가 엉덩방아를 찧었다.

허민오는 아릿하게 아파오는 목을 감싸 쥐고 무릎을 꿇었다. 긴장이 탁 풀린 것이다.

고개를 들어 올린 허민오는 귀수를 패대기친 인물을 보았다.

노백이었다. 그리고……

"할아버지, 괜찮아?"

업혀 있는 그녀가 걱정스레 물어왔다.

허민오는 묵묵히 고개를 끄덕였다. 하지만 그의 두 눈만큼은 귀수와 노백을 지켜보고 있었다.

"너도 그 여자 사람이디냐!"

노백은 귀수에게 고함을 질렀다. 그리고 그의 얼굴에 나 있는 크고 작은 상처들이 일제히 꿈틀댔다. 징그러웠다.

귀수가 팅기듯이 벌떡 일어났다.

노백이 입을 열었다.

"덤벼라."

귀수는 주저없이 달려들어 왔다.

한 발…….

노백은 피하기는커녕 오히려 귀수에게 다가갔다.

귀수가 손을 뻗어왔다. 간격이 줄어든 만큼 먼저 손을 쓰는 쪽이 유리했다.

파파파팡!

허공에 귀신 얼굴이 빠르게 여섯 개나 나타났다.

귀수가 끼고 있는 새까만 장갑만이 만들어낼 수 있는 독특한 환영이었다.

마치 사람을 잡아먹을 듯이 덮쳐 오는 귀신들의 얼굴!

그것은 노백의 눈을 현혹시키기에 충분했다.

노백이 눈을 가늘게 떴다. 그리고 본능적으로 주먹을 앞으로 불쑥 내밀었다. 주먹은 오른쪽에서 두 번째에 나타난 귀신의 얼굴을 짓이겼다.

뿌드득.

뼈 부러지는 소리와 함께 귀신들의 얼굴이 사라졌다. 귀수가 오른손을 움켜쥐고 정신없이 물러났다.

노백이 귀수를 쫓아 몸을 날렸다.

땅딸막한 그의 체형 때문인지 노백의 모습이 순간적으로 커다란 공처럼 보였다. 그리고…….

귀수의 낯빛이 해쓱해졌다. 턱 밑에서 불쑥 튀어나온 노백이 양손으로 그의 멱살을 틀어쥐고 있었기 때문이다.

획!

노백이 한쪽으로 재빨리 돌아섰다. 장작개비 같은 귀수의 몸이 노백의 등을 타고 머리부터 넘어왔다.

쿵!

머리가 땅에 부딪쳤다.

혼절이라도 했는지 귀수는 아무런 움직임도 없었다.

노백은 냉정했다. 그는 발을 들어 귀수의 머리를 사정없이 밟아버렸다.

꽝!

귀수의 머리가 수박이 깨지는 것처럼 박살났다.

확인 사살.

조금은 잔인했다. 그러나 가장 확실하고 가장 효과적인 살인 방법이었다.

노백이 돌아섰다.

"목숨을 구해줘서 고맙소이다."

허민오가 고개를 살짝 숙였다.

노백은 손을 내저었다.

"꼭 당신 때문이 아니었다."

"그래도 고마운 건 고마운 거외다."

"그만 하자. 이야기가 길어질 것 같다. 그보다……."

노백은 혜림을 쳐다보았다.

그녀는 허민오의 옆에 서 있었다. 허민오의 손을 붙잡고 불길이 치

숫은 기와집을 응시했다.

"저기는 어디야?"

그녀가 기와집을 가리켰다.

노백이 말했다.

"내 마누라 집이다."

"키 큰 아줌마 말이야?"

그녀는 노백을 쳐다보았다. 그리고 그녀의 되물음에 노백이 고개를 끄덕였다.

그녀의 얼굴이 시무룩해졌다.

"혜림이는 그 아줌마 무지 싫은데……."

자신을 벌레 보듯이 했던 앵무의 차가운 두 눈을 그녀는 잊을 수가 없었다. 괴물이라고 말하고 깔깔거리며 웃던 그 모습도.

그래도 궁금한 건 참을 수가 없는 모양이다.

"근데 여긴 뭣 때문에 온 거야?"

"별다른 이유는 없다. 그저 내 마누라를 만나기 위해서지. 우리는 저 기와집으로 가야 한다."

"음, 알았어."

그녀가 다시 기와집을 바라보았다. 기와집은 여전히 불길에 휩싸여 있었다.

그녀가 말했다.

"노백 아저씨, 혜림이는 궁금한 게 있어. 대답해 줄 거야?"

"내가 아는 거라면 뭐든지 이야기해 주겠다."

"왜 그 아줌마를 죽이려고 하는 거야?"

노백에게선 아무런 대답이 없다.

그제야 그녀는 기와집에서 시선을 거두고 노백을 쳐다보았다. 노백은 씁쓸하게 웃고 있었다.

그녀는 대답을 기다리는 것처럼 두 눈을 깜빡거렸다.

노백이 천천히 말했다.

"말해 준다고 해도 너 같은 아이는 이해를 못할 것이다."

"그치만 혜림이는 많이 궁금한걸?"

그녀가 입을 삐죽거렸다.

"가르쳐 주시면 안 돼요?"

노백은 이마를 구겼다.

이 계집아이는 궁금한 것을 물었을 뿐이다.

알고 있다. 알고는 있지만 화가 난다.

하지만 복잡하게 생각하고 싶지 않았다. 자신의 신경이 날카로워진 것은 그 똑똑한 여자가 파놓은 함정이 너무나도 뜻밖이었기 때문일 것이다.

그래…….

수하들이 어이없이 죽었기 때문이다. 그리고 이 계집아이에게 화를 낸다고 죽은 수하들이 다시 살아서 돌아올 리 없었다.

혜림이 배시시 웃었다.

"노백 아저씨, 화났어요?"

노백은 천천히 입을 열었다.

한데 이상했다.

그냥 대충 얼버무릴 생각이었다. 그러나 입에서는 고함이 터져 나오고 있었다.

"나는 분명히 너 같은 아이는 몰라도 된다고 했다! 그리고 이건 나와 그 여자 사이의 일이다! 내가 대체 왜, 무엇 때문에 네게 말을 해야 하는 거냐!"

그녀는 멍청히 노백을 쳐다보았다. 그리고는 버릇처럼 두 눈을 깜빡
거렸다.

잠시 후…….

그녀도 화가 난 모양이다.

그녀가 악을 써대기 시작했다.

"왜 화내는 거야! 혜림이가 잘못한 건 아무것도 없는데 대체 소리는
왜 지르고 그래! 노백 아저씨가 가르쳐 준댔잖아! 아저씨는 나빠. 아주
나쁜 사람이야!"

숨이 가쁜지 그녀는 마른침을 삼켰다.

그녀가 말을 이었다.

"치잇, 어른들은 참 이상해. 별것도 아닌 일로 화부터 내고 할 말이
없어지면 고함만 질러. 정말 우스워. 바보 멍청이들 같애. 아빠도 그랬
어. 술만 먹고 오면 집에 있는 물건들을 다 때려부수고 엄마한테 손찌
검까지……."

더 이상 기억하기 싫은지 그녀는 입을 꾹 다물었다. 고집스레 다물
린 입은 더 이상 열릴 것 같지 않았다.

그녀가 고개를 들어 허민오를 쳐다보았다. 괜스레 짜증이 일어났다.
그녀는 화풀이를 허민오에게 했다.

"할아버지도 저리 가!"

허민오의 손을 뿌리친 그녀가 기와집으로 달려갔다.

"혜림이는 이제 할아버지하고도 안 놀 거야!"

싫어!

혜림은 멈춰 섰다. 그녀가 얼굴을 있는 대로 찌그러뜨리고 기와집을

처다봤다.

그토록 거세게 타오르던 불길은 사그라들었지만 후끈한 열기가 아직도 남아 있었다.

뜨거운 건 싫었다.

그녀는 가만히 서 있었다.

겁이 났다.

기와집과 거리가 가까워질수록 뜨거운 열기가 강해진다는 사실을 그녀는 느끼고 있었다.

그녀가 고개를 돌렸다. 기이하게 비틀리는 목살과 함께 그녀의 머리는 등 뒤로 돌아갔다. 화가 나서 투정을 부려댔지만 할아버지가 생각나는 것은 어쩔 수가 없었다.

할아버지는 노백 아저씨와 함께 있었다.

그녀는 할아버지가 금세라도 달려와 줄 거라고 믿었다. 요 며칠간 할아버지는 언제나 그녀의 곁에 있었으니까. 그러나 할아버지는 달려와 주지 않았다.

그녀가 입을 삐죽거리고 고개를 바로할 때였다.

획─

나직한 바람 소리와 함께 누군가가 그녀의 앞을 가로막았다.

그녀는 자신보다 키가 큰 '그 사람'의 얼굴을 보기 위해서 고개를 들었다.

그녀가 배시시 웃었다. 마치 길거리에서 아는 사람을 만난 어린아이처럼.

허민오가 미간을 찌푸렸다.

지금처럼 그녀의 머리가 완전히 돌아가는 광경은 며칠 전에도 보았지만 아직은……

그래, 아직까지는… 낯설다.

두 사람은 그렇게 쳐다보고 있었다. 그리고…….

그녀가 고개를 바로했다.

허민오는 노백에게 시선을 주었다. 노백은 딱딱하게 굳은 얼굴로 그녀의 뒷모습을 물끄러미 보고 있었다.

허민오가 말했다.

"노백께서 참으시오. 아직 아무것도 모르는 어린아이가 한 말이니."

노백은 아무런 말이 없었다.

허민오는 길게 한숨을 내쉬었다.

"하아……."

요 며칠간 한숨이 늘었다. 그녀를 만나고부터였다.

허민오는 아직 그렇게 있을 거라 생각하고 그녀가 있는 곳으로 눈길을 돌렸다.

허민오가 고개를 갸웃거렸다. 그녀는 거기에 없었다.

그러나 허민오는 대수롭지 않게 생각했다. 그녀는 뛰어노는 걸 좋아한다.

허민오가 조금 더 멀리 시선을 주었다. 하지만 그녀의 모습은 어디에도 없었다.

노백이 말했다.

"흑호다, 그 아이를 데려간 것은……."

제7장

나는 바람을 타고 날고 있었다

다섯의 하나

7월 5일 밤.

혜림이 좋아하는 바람이 분다.

바람이 불 때면 그녀는 눈을 감는 버릇이 있다. 그리고 눈을 꼭 감자 하늘을 날아가는 듯한 착각에 빠졌다.

머리카락들이 제멋대로 휘날린다. 휘날린 머리칼은 그녀의 볼을 살짝살짝 건드리고 지나간다. 그리고 그녀의 입가에는 희미한 미소가 매달린다.

혜림이 눈을 떴다.

희끄무레한 허깨비 같은 것들이 눈앞에서 둥둥 떠다녔다.

그녀는 입을 꾹 다물고 멍하니 허깨비들을 보았다.

잠시 후 시야가 정돈되었다.

그녀가 웃었다. 눈앞을 떠도는 허깨비들은 담 위에 엎어둔 푸른색의 기왓장들이었다. 달빛에 반사되어 마치 희끄무레한 허깨비처럼 보이는 것뿐이었다.

그리고 하늘을 날고 있다는 생각은 착각이 아니었다. 그녀는 지금 바람을 타고 날아가고 있었다. 그것도 엄청난 속도였다.

그녀가 고개를 돌렸다.

우두둑거리는 목뼈,

그리고 그녀의 머리는 등 뒤로 돌아갔다. 시커먼 얼굴이 거기 있었다.

그녀는 눈을 두어 번인가 깜빡였다.

"아저씨, 지금 우리 어디로 가는 거야?"

그녀는 물었다. 그러나 시커먼 얼굴을 가진 아저씨 흑호는 아무런 대답도 해주지 않았다.

"혜림이를 어디로 데려가는 거냐고 물었잖아?"

"……."

여전히 흑호는 대답이 없다. 대신에 그는 바로 옆에 있는 담을 뛰어넘었다.

흑호가 뛰어넘은 담 너머에는 아름다운 전각이 있었다.

바람은 더 이상 불지 않았다.

전각의 뒤쪽은 어두웠다. 그리고 전각의 벽을 기대고 흑호가 주저앉았다. 그의 양 어깨는 힘없이 늘어져 있었다.

혜림은 흑호 앞에 서 있었다.

한데 그곳에는 두 사람만 있는 게 아니었다.

한 사람이 더 있었다. '그 사람'은 혜림의 앞에서 혜림을 가만히 쳐다보았다.

혜림도 그 사람을 물끄러미 바라보고 있었다. 그리고 눈앞에 있는 그 사람이 활짝 웃었다.

쌩글…….

그 사람의 눈가에 깊숙이 들어가는 주름이 참 매력적이다.

그러나 혜림은 미간을 살짝 찡그리고 고개를 돌렸다. 그녀가 흑호를 내려다보고 말했다.

"혜림이는 이 아줌마가 싫어! 할아버지한테 돌아갈 거야. 시커먼 아저씨가 데려다줄 거지?"

그래도 흑호는 대답이 없다.

갸우뚱.

그녀의 머리가 왼쪽 어깨 쪽으로 기울어졌다.

"왜 대답이 없는 거야? 혹시 시커먼 아저씨는 벙어리야?"

"……."

흑호는 묵묵히 머리를 끄덕였다.

그녀는 입을 다물었다.

잠시 후 그녀가 흑호에게 고개를 살짝 숙였다.

"그랬구나. 미안……. 혜림이는 몰랐어."

흑호는 괜찮다는 듯이 미미하게 웃었다.

그녀도 흑호를 따라 웃었다. 그리고 그녀는 다시 앵무에게로 눈을 돌렸다.

앵무는 여전히 매력적인 눈웃음을 짓고 있었다.

혜림이 물었다.

"뭐야? 할 말이라도 있는 거야?"

"날 따라오렴."

앵무가 말했다.

혜림은 고개를 저었다.

"싫어! 혜림이는 할아버지한테 갈 거야. 할아버지랑 기련산에 간다고 약속했는걸? 그래서 이뻐질 거야."

"약속……?"

앵무는 차갑게 웃었다.

"원래 약속은 깨지기 위해 있는 거예요, 이 꼬마 아가씨야."

"치잇! 아니야!"

혜림은 고개를 흔들었다.

"그런 게 어디에 있어? 약속을 했으면 반드시 지켜야지. 그래야 착한 아이가 된다고 엄마가 그랬어."

"그건 네 어미가 틀린 거란다."

"엄마는… 틀리지 않아."

혜림이 입을 다물었다. 그리고 그녀는 말했다.

"아줌마는 나쁜 사람이야. 혜림이 보고 괴물이라고 놀렸잖아."

"괴물이니까. 지금의 너는……."

앵무는 너무나도 당연하다는 듯이 말했다.

혜림의 얼굴이 시무룩해졌다. 그녀는 고개를 푹 떨구었다.

"혜림이도 알아. 안단 말야. 그치만……."

그녀가 고개를 발딱 치켜들었다.

"할아버지가 혜림이를 예쁘게 해줄 거야."

"글쎄다? 과연 그 노인이 널 기다리고만 있을까? 어쩌면 그 노인은 널 귀찮게 생각할지도 모른단다. 열 길 물속은 알아도 한 길 사람 속은 모른다고 했으니까."

말을 하는 앵무의 얼굴에는 웃음이 짙어지고 있었다.

"웃지 마! 재수없어!"

혜림은 또박또박 말했다.

앵무의 얼굴에서 웃음이 사라졌다. 그녀는 딱딱하게 굳어 있는 얼굴로 혜림을 내려다보았다. 처음 보는 무서운 얼굴이었다.

혜림은 개의치 않았다.

"치잇! 혜림이는 아까 거기로 돌아갈 거야."

말을 마치고 혜림이 돌아섰다.

앵무가 흑호에게 눈짓을 보냈다.

흑호가 일어났다. 그의 양 어깨가 크게 흔들렸다. 그가 퍽 하고 사라지는 것 같았다.

찰나 흑호는 혜림의 앞에 서 있었다. 그는 두 손을 활짝 벌리고 고개를 가로저었다.

쿵!

양 무릎을 굽히지 않은 혜림의 작은 몸이 흑호의 턱 밑으로 파고들었다. 그녀는 흑호를 두 손으로 밀어냈다.

"비켜, 시커먼 아저씨. 아저씨하고는 싸우고 싶지 않아. 불쌍한 사람이니까. 엄마는 불쌍한 사람을 도우라고 그랬어."

흑호는 꿈쩍도 하지 않았다. 오히려 한 발 앞으로 나섰다.

그녀의 몸이 주춤거렸다. 어쩔 수 없이 그녀는 다시 뒤로 물러섰다.

쌩글……

앵무가 두 사람의 묘한 실랑이를 보고 웃었다.

그때 앵무의 등 뒤에서 사람 그림자가 어른거렸다.

그리고 들려오는 카랑카랑한 음성 하나.

"노백이 왔다."

앵무는 돌아섰다.

늙은 원숭이 같은 권사가 거기 있었다.

앵무가 웃었다.

"그래요? 이젠 지겹네. 슬슬 끝내야겠어요. 오라버니, 이제 시작하세요."

명령은 떨어졌다.

하지만 권사는 움직이지 않았다. 그는 앵무의 얼굴을 물끄러미 보고 있었다.

앵무가 얼굴을 더듬으며 물었다.

"왜 그렇게 보세요?"

"괜찮나? 노백이 죽을지도 모른다."

권사가 말했다.

앵무는 침묵했다.

아주 잠시 동안 말이다. 그리고 그녀는 깔깔거리며 웃었다.

"호호홋! 그럼요, 괜찮고말고요."

폭발로 인해 난장판이 되어버린 대문 앞.

허민오는 밑을 내려다보고 눈을 크게 찌푸렸다.

하반신만 남아 있는 시체를 이렇게 쳐다본다는 것은 그다지 기분 좋은 일은 아니다.

시체의 허리 부분은 너덜너덜했다. 상반신은 미처 폭발을 피할 사이도 없이 그대로 뜯겨져 나간 것 같았다. 하지만 뜯겨져 나간 걸로 짐작된 상반신은 어디에도 없었다.

둘 중 하나일 것이다. 불길에 휩싸여 녹아내렸거나 산산이 짓이겨져 여기저기에 흩어졌거나.

그런 생각이 들자 허민오는 더 이상 보고 있을 수가 없었다.

허민오가 고개를 들었다.

화약 냄새는 아직 남아 있었다. 부서진 돌덩이 밑에선 희미한 신음이 들려왔다.

방지웅이 살아남은 사람들과 함께 돌덩이를 걷어내고 있었다.

노백은 그런 사람들을 가만히 응시했다.

왠지 모르게 노백의 어깨가 축 늘어진 것 같았다. 힘이 다 빠져 버린 사람처럼 보였다.

그러나 허민오에겐 중요하지 않았다. 혜림을 다시 찾아오는 것보다 중요한 일은 없었다.

후회가 밀려왔다. 자신이 조금만 주의를 기울였어도 그녀는 잡혀가지 않았을 것이다.

"하아……"

허민오가 한숨을 길게 내쉰다.

이미 엎질러진 물이다. 그렇게 체념하고 허민오는 기와집 쪽으로 눈길을 돌렸다.

정원(庭園)이었다고 생각이 드는 넓은 공터는 이미 폐허가 되어버렸다. 우지끈 부서진 아름드리 나무들이 사방에 나뒹굴었다. 그리고…….

정원 너머에는 아름다운 전각이 자리 잡고 있었다.

아마 저곳에 혜림이 있을 것이다.

그녀를 데려와야 한다.

허민오는 노백에게 시선을 돌렸다. 노백은 그때까지도 사람들을 쳐다보고 있었다.

아무런 말이 없던 노백이 불쑥 물었다.

"생존자는?"

돌덩이를 걷어 올리던 방지웅이 대답했다.

"현재까지 살아 있는 자들은 서른하나입니다."

"그것 말고 움직일 수 있는 자들은 몇이냐?"

"열아홉입니다. 가서 수하들을 다시 모아보겠습니다."

방지웅이 돌아섰다.

노백이 그의 어깨를 붙잡았다.

"이 이상 사상자가 나오길 바라지 않는다. 그만 들어가자."

노백은 눈짓으로 기와집을 가리켰다. 그리고 노백은 주위를 한번 둘러보고 입을 열었다.

"모여라!"

방지웅의 뒤쪽으로 살아남은 사람들이 모였다.

사람들은 아무런 말도 하지 않았다. 단지 노백의 얼굴을 뚫어져라 쳐다보고 있을 뿐이다.

노백은 그들을 하나씩하나씩 돌아보았다.

마치 얼음처럼 차갑게 식어 있는 사람들의 얼굴 표정.

하지만 핏발이 곤두선 그들의 눈에서는 묘한 흥분이 일렁거렸다. 말로썬 도저히 설명되지 않는 그런 흥분⋯⋯.

보통 사람들은 그것을 가리켜 '살기가 감돈다'라고 말한다. 이를 뿌드득 갈아붙이는 자들도 있었다.

노백의 시선이 맨 끝에 있는 사람의 얼굴에서 멈추었다. 잡화포의 주인 늙은이였다.

늙은이에게 노백이 말했다.

"이곳을 정리할 아이들이나 불러라."

정원(庭園)의 입구.

"다녀오겠습니다."

방지웅이 노백에게 허리를 깊숙이 숙였다.

노백은 고개를 끄덕였다.

방지웅이 돌아섰다.

그는 정면에 보이는 아름다운 전각에서 눈을 떼지 않고 소매를 걷어올렸다. 팔뚝에는 단봉 하나가 매어져 있었다.

단봉을 끌러낸 방지웅의 창백한 얼굴에 혈색이 감돌다 사라졌다.

챙!

기관장치를 건드리자 얇디얇은 칼날이 튀어나왔다.

방지웅은 짧게 명령했다.

"가자."

방지웅이 아름다운 전각을 향해 다가갔다. 사람들은 그의 뒤를 따라갔다. 그리고……

멀리 떨어진 전각의 문이 열리고 있었다.

"나타났다. 그 여자가 마지막 패(牌)를 꺼냈다."

노백이 말했다.

허민오가 그의 손을 따라 눈을 돌렸다. 그리고 허민오의 눈이 가늘어졌다.

아름다운 전각의 문이 활짝 열렸다.

문 뒤쪽에서 여섯 사람이 천천히 걸어나왔다.

그들은 하나같이 머리끝에서 발끝까지 백포(白布)를 친친 감고 있었다. 그들의 몸 중에서 유일하게 밖으로 드러난 것은 두 눈이었다. 하지만 그들은 눈이 없었다. 시커먼 구멍 두 개가 남아 있을 뿐이다.

그들의 몸에서는 심한 악취가 나는 것 같았다. 전각을 향해 달려가던 방지웅이 코를 막고 주춤주춤 물러섰다.

허민오가 소리쳤다.

"저것들은……!"

"저 사람들을 알고 있나?"

노백이 물었다.

허민오가 고개를 돌려 노백을 보았다. 그는 아주 묘한 표정을 짓고 있었다.

"하아……."

허민오는 한숨을 길게 내쉬었다.

어디서부터 설명을 해야 하나.

갈피를 잡을 수 없었다. 그리고 허민오는 천천히 말했다.

"고루노괴를 만난 적이 있다고 하시었소?"

"예전에 한 번……."

"그럼 고루노괴라는 사람이 무엇을 만들려고 했는지도 아시오?"

"알고 있다."

"그럼 이야기하기 쉽겠구려. 고루노괴는 죽여도 죽지 않는 괴물을 만들어내고 싶어했소."

"그래서?"

"하아……."

허민오는 전각이 있는 쪽을 가리켰다.

"내가 설명하기보단 저것들을 직접 보는 게 나을 거요."

"……?"

노백은 고개를 갸웃거렸다. 그리고 그는 허민오가 가리킨 쪽으로 고개를 돌렸다.

노백의 눈이 빛났다.

다섯의 둘

전각 앞.

사람들이 뒤엉키고 있었다.

그들은 모두 한마음 한뜻이 되어 백포로 친친 감은 자들에게 달려들었다.

백포인들이 손을 썼다.

그들의 손이 사람들의 머리에 살짝 닿았을 뿐인데 머리는 터져 나갔다. 사람들은 백포인들의 솜씨에 놀라고 그들의 잔인함에 치를 떨었다.

하지만 상대는 눈도 없는 괴물이다.

다시 한 번 덤볐다. 그러나 상대가 되지 않았다.

금세 상황이 뒤바뀌었다. 백포인들에게 달려들던 노백의 수하들이 겁을 집어먹고 뒤로 물러났다.

수하들은 백포인들에게 덤빌 엄두조차 내지 못했다.

그때 물러나는 사람들을 헤치며 누군가가 앞으로 나섰다.

방지웅이었다. 그는 백포로 친친 감겨 있는 그자들을 향해 예도를 내리그었다.

백포인의 몸이 쩍 갈라졌다.

갈라진 몸뚱이에서는 녹색의 액체가 사방으로 퍼졌다. 고약한 냄새를 풍기는 액체였다.

녹색의 액체가 사람들의 몸에 닿았다.

"크아아아악!"

사람들은 괴성을 지르고 바닥을 뒹굴었다. 그리고 그들의 몸은 녹기 시작했다.

방지웅이 예도를 들어 반회전시켰다.

파앙!

엷은 막 같은 게 생겨 나와 방지웅의 몸을 보호했다. 그러나……

치익!

투명한 막이 찢어지고 녹색 액체가 방지웅을 덮쳤다.

방지웅은 재빨리 몸을 틀었다. 하지만 녹색 액체를 전부 다 피할 수는 없었다.

왼쪽 팔이었다.

살점이 흐물흐물해지면서 녹아내렸다. 고통은 이루 말할 수가 없었다.

하지만 방지웅은 비명을 내지를 수 없었다. 눈앞에서 일어나는 광경이 너무나도 뜻밖이었기 때문이다.

백포인의 가슴은 쩍 갈라져 있었다. 한데 어찌 된 일인지 싯누런 액체가 주르륵 흘러내리자 상처가 금세 아물었다.

정원의 입구.

허민오는 노백의 표정을 살폈다.

노백은 잠시 동안 놀란 것 같더니 이내 흔들림없는 원래의 모습으로 돌아왔다.

대단한 사람이었다.

노백이 허민오를 돌아보았다.

"그래서 결론은?"

덤덤한 그의 어투 때문에 말문이 막혀 버린 허민오는 무엇부터 말해야 할지 몰랐다.

허민오가 하늘을 올려다보았다.

하늘에는 파리한 달이 떠 있었다. 그리고 달을 보면서 허민오는 조용한 음성으로 말했다.

"노백께서는 저것들을 나와 고루노괴가 만들었다면 믿겠소?"

"……!"

크게 놀라는 노백의 표정.

허민오는 빙그레 웃었다.

"노백께서 그런 표정을 지을 때도 다 있구려."

허민오가 전각 쪽으로 시선을 돌렸다. 사람들이 백포인들을 피해 도망치고 있었다.

허민오가 침중하게 나지막이 말했다.

"어쩌면 이것이 당연한 건지 모르겠소이다. 내 손으로 만든 것을 내 손으로 다시 부숴뜨려야 하니……."

전각 앞.

방지웅은 기분이 나빴다.

온몸에서 잔떨림이 일어났다. 머리끝이 쭈뼛 곤두섰다.

부정하고 싶은 이 느낌은……?

공포였다.

방지웅이 아랫입술을 질끈 깨물었다. 하지만 그래도 떨림이 멎질 않았다. 그리고 자꾸만 뒷걸음질치는 자신을 발견했다.

노백 앞에서도 이러지는 않았다.

방지웅은 자신의 한쪽 팔을 내려다보았다. '놈들'의 몸에서 흘러나온 진한 녹색의 액체가 튀었던 곳이었다. 이미 그 팔은 녹아 없어졌다. 허연 뼈만 남아 있었다. 다행히 다른 곳은 녹색의 액체가 묻지 않았다.

방지웅은 예도의 손잡이, 즉 단봉을 입으로 가져갔다.

챙!

단봉을 입에 물고 손을 놓자 칼날이 다시 들어갔다. 그리고 방지웅이 오른손으로 뼈만 남은 왼팔을 붙잡았다.

방지웅은 인상을 찡그렸다.

자신도 모르는 사이에 단봉을 질끈 깨물고 있었다.

우드득!

뼈는 간단하게 부러졌다.

툭.

팔목 관절에서 뜯겨 나간 팔이 바닥에 떨어졌다. 방지웅의 얼굴에는 식은땀이 흘러내렸다.

방지웅은 입에 물려 있는 단봉을 다시 잡았다. 얼마나 힘껏 깨물었는지 쇠로 만든 단봉은 우그러져 있었다.

문득 코를 마비시킬 정도로 심한 악취가 풍겨왔다.

방지웅이 고개를 들었다.

왔다.

조금 전에 가슴이 쩍 갈라졌던 '그놈' 이 눈앞에 있었다.

방지웅은 주춤 물러났다. 물러나면서 그는 스스로에게 이렇게 물었다.

…할까?

그는 남들이 알지 못하는, 심지어는 노백조차도 모르는 한 가지 수법을 생각했다.

하지만 만약 '그것' 조차 실패로 돌아간다면…….

어떠한 일이 일어날지 자신이 경험했다. 살이 녹아버리는 고통과 공포를 고스란히 느껴야만 할 것이다. 그러나 그 수법을 쓰지 않으면 죽는다.

방지웅은 단봉을 고쳐 잡았다.

한번 해보기로 결심했다.

그의 얼굴에 혈색이 감돌다 사라지고,

채앵!

숨었던 칼날이 다시 튀어나왔다.

방지웅은 한 발 앞으로 나섰다.

등 뒤에서 늙수그레한 목소리가 들려왔다.

"이보게, 자네가 감당하기에는 너무나도 무서운 것들이라네. 그냥 물러나게나."

방지웅은 돌아섰다.

그는 허민오를 볼 수 있었다. 그리고 허민오는 방지웅을 가로막고 앞으로 나섰다. 바로 놈을 향해.

전각의 뒤.

뿌드득!

혜림의 몸통이 뒤틀렸다. 허리통이 완전히 돌아갔다. 그녀가 앵무를 노려보았다.

혜림은 '시커먼 아저씨'가 꿈쩍도 하지 않는 건 순전히 저 나쁜 아줌마 때문이라고 생각했다.

"호오, 역시 고루노괴의 마지막 작품답구나."

앵무가 웃었다.

혜림의 눈빛이 달라졌다.

마치 고양이의 그것처럼, 혹은 허공을 둥둥 떠다니는 귀화(鬼火)처럼 시퍼렇게 타올랐다.

그녀는 말까지 더듬었다.

"웃.지. 말.라.고. 했.어! 재수없으니까."

"······!"

혜림의 흥분 상태를 짐작한 앵무는 웃음을 거두었다.

그것은 당연한 일이었다. 누구보다 고루노괴의 '작품'을 잘 아는 앵무였다.

스무 해 전······.

앵무는 당가의 추격을 피해 도망쳤다. 그리고 어느 이름 모를 산속에서 고루노괴와 만났다.

앵무는 백포인들을 보았다.

백포인들은 이미 사람이 아니었다. 하지만 그들은 강했다. 그녀를 추격해 오던 당가의 사람들이 백포인들에게 죽임을 당했다. 그 잘난 당가의 사람들이 백포인들에게는 제대로 대항도 하지 못했다.

앵무는 백포인들을 가지고 싶었다. 그러나 그때 그녀가 가지고 있는 것은 아무것도 없었다. 몸뚱이 하나뿐이었다.

앵무는 결심을 해야 했다. 그리고 그녀는 실행에 옮겼다.

지금도… 그날 고루노괴와의 잠자리를 생각하면 앵무는 구역질이 치밀어 오르곤 한다.

앵무의 낯빛이 딱딱하게 굳었다.

그녀는 혜림의 얼굴에서 눈길을 거두고 고개를 푹 떨구었다.

뿌드득!

혜림은 뒤틀린 몸을 바로했다. 그녀는 흑호를 물끄러미 올려다보았다.

흑호는 비켜주지 않을 것 같았다.

쿵!

혜림이 옆으로 물러났다.

그녀가 흑호에게 달려들었다.

흑호가 뒤로 한 걸음 물러났다. 그 빠른 움직임을 몸이 제대로 움직이지 않는 그녀가 따라잡기에는 무리였다.

흑호가 뒤로 물러나자 시야가 넓어졌다. 전각과 담이 만들어낸 골목 사이로 난장판인 정원이 보였다.

문득 혜림이 한껏 들뜬 목소리로 외쳤다.

"아, 할아버지다!"

그녀의 얼굴이 환하게 밝아졌다.

그때까지 시퍼렇게 타올랐던 불똥이 사라졌다. 그녀의 눈이 제대로 돌아왔다.

전각 앞에서 허민오가 백포인과 묘한 대치를 이루고 있었다.

그리고 허민오를 쳐다보는 앵무의 눈빛이 야릇해졌다.

다섯의 셋

전각 앞.

허민오는 움직이지 않았다.

이 '놈' 들은 냄새로 모든 것을 판단한다. 이것들의 몸에서 악취가 나게 만든 것도 이 때문이다. 적어도 자신들은 알아보게 만들려고 했던 것이다. 이렇게 가만히만 있어도 이 '놈' 은 달려들 것이다. 그리고…….

짐작대로 '놈' 이 허민오에게 달려들었다.

놈은 허민오의 면상을 향해 주먹을 뻗었다. 큼지막한, 그리고 악취가 심하게 나는 주먹이 허민오의 눈앞에 있었다. 하지만 허민오는 여유롭게 움직였다.

획!

허민오가 사라졌다. 그는 '놈' 의 좌측에 서 있었다. 그리고 놈이 허민오를 따라 재빨리 돌아섰다. 하지만…….

이미 허민오는 그곳에 없었다.

허민오는 그놈보다 먼저 움직이고 있었다. 놈이 냄새를 맡는 것 같았다.

놈은 허민오를 따라서 움직였다.

허민오는 놈의 뒤, 그곳에 있었다. 그리고 놈이 허민오를 느끼고 뒤로 돌아설 찰나,

획!

바람 소리와 함께 허민오는 원래 있던 자리로 돌아왔다. 그리고 그는 놈을 축으로 삼아 그 주위를 맴돌기 시작했다.

두 번… 세 번… 그리고 네 번…….

놈의 주위를 돌 때마다 허민오의 움직임은 조금씩 빨라졌다.

휙!

벌써 열네 번째다.

허민오는 그놈의 주위를 완전하게 한 바퀴 돌았다.

빨랐다.

지금까지 놈의 주위를 돌 때와는 비교가 되지 않았다.

놈도 허민오를 따라 빙글 돌아섰다. 그리고 놈이 거의 허민오를 따라잡았다고 생각되었을 때 놈의 두 다리가 신기하게 바깥쪽으로 뒤틀렸다.

뿌드득!

급기야 놈의 무릎이 박살났다.

놈은 그대로 허물어졌다. 일어서려고 꿈틀대기는 하지만 일어서지 못했다.

끝이다. 그리고 움직이지 못하는 괴물은 더 이상 사람들에게 위협이 될 수가 없다.

허민오는 놈을 내려다보았다.

역시 이것들은 실패작이다.

이것들은 제대로 움직이지도 못하는 것들이다. 그런 놈이 허민오의 냄새를 따라 몸을 움직였다. 그럴 때마다 몸에 무리가 가는 것이다.

처음에는 놈이 모를 정도로 천천히, 그리고 다음부터 조금씩 속도를 올리다보면 이렇게 된다. 의식이 없는 이것들은 그것을 모른다.

만약 이것들이 '그녀'처럼 완전한 괴물에 가까웠다면, 그랬다면 몸은 부서지지 않았을 것이다.

측은하게 놈을 내려다보던 허민오가 손을 뻗었다.

"끄르르륵!"

허민오가 '놈'의 목젖 밑을 만지자 놈은 몇 번 꿈틀대더니 축 늘어졌다.

실패작인만큼 아직은 혈도가 살아 있었다. 수혈(睡穴)을 짚자 깊은 잠에 빠진 것이다.

허민오는 돌아섰다.

그의 뒤에는 방자웅이 있었다.

방자웅은 허민오를 멍하니 바라보고 있었다. 그는 너무나도 어이가 없었다. 단지 저런 간단한 방법으로 온몸을 백포로 친친 감고 있는 이 놈들을 쓰러뜨리다니…….

빙그레.

허민오가 웃었다.

두 번째로 보는 인간다운 표정이었다. 그리고 허민오는 다른 곳으로 눈길을 돌렸다.

노백의 수하들이 온몸을 백포로 친친 감은 인간 같지도 않은 자들에게 쫓기고 있었다.

백포인들은 너무나도 강했다.

사람들은 겁에 질려 도망칠 수밖에 없었다. 몇몇 사람들이 죽은 자들에게 걸려 넘어졌다. 넘어진 그들을 향해 사람들이 도망쳤다.

그들은 동료였던 자들에게 밟혀 뱃가죽이 터져 죽었다. 밖으로 흘러나온 내장은 비참했다.

겁에 질려 있는 사람들을 쫓아 괴물들이 달려들었다. 괴물이 손을 움직일 때마다 사람들의 몸 한군데는 부러졌다.

허민오는 인상을 슬쩍 썼다.
이런 살인에 이용이나 하려고 저런 놈들을 만들었던 것은 아니었다.
"하아……."
긴 한숨.
허민오가 발끝에 힘을 주었다. 그리고 그는 몸을 앞으로 쭉 폈다.
막 허민오가 다른 곳으로 몸을 날릴 때였다.
갑자기 현기증이 밀려왔다. 허민오의 몸이 제대로 중심을 잡지 못하고 휘청거렸다.
허민오는 씁쓸하게 웃어야 했다.
역시 이제는 나이를 속일 수가 없는 것 같았다.
허민오가 머리를 세차게 흔들었다.
지금은 그런 것이 중요한 것이 아니었다.
다른 놈들을 쓰러뜨려야 한다.
그래야만 혜림을 다시 찾고, 그래야만 그녀를 데리고 기련산으로 갈 수가 있는 것이다.
그녀를 다시 인간으로 만들고 싶다.
허민오는 날아올랐다.

다시 정원의 입구.
노백이 미간을 크게 찌푸렸다.
고약한 냄새가 바람을 타고 여기까지 밀려왔다. 하지만 노백은 그자리를 떠나지 않았다. 그는 백포인의 주위를 맴도는 허민오를 지켜보고 있었다.

백포인이 쓰러졌다.

노백은 허민오가 말했던 '부숴뜨린다'는 말을 이해했다. 좀 더 정확하게 말하자면 '움직일 수 없게 만든다'는 뜻이다.

사실이 그랬다.

놈들은 생각할 줄도 모르고 앞도 보지 못하는 괴물들이다. 움직이지 못한다면 쓸모가 없어지는 것이다.

그 간단한 이치를 허민오는 몸으로 이야기한 것이다.

허민오가 다른 곳으로 몸을 날렸다.

노백의 눈길이 자연스레 방지웅에게 돌아갔다.

별다른 이유는 없었다. 그저 허민오 곁에 있는 수하는 방지웅뿐이었다.

노백이 고개를 갸웃거렸다.

과연 방지웅이 놈들의 '약점'을 알아냈을까?

하지만 노백은 방지웅을 믿어보기로 했다. 방지웅이라면 놈들을 쓰러뜨릴 수 있을 것이다. 믿을 수 있는 수하였다.

그것은 '믿음' 이전의 문제였다. 허민오는 놈들을 '부숴뜨리는 방법'을 똑똑히 보여주었다. 그리고 그런 허민오를 가장 가까이에서 지켜본 사람은 바로 방지웅이었다.

만약 방지웅이 바보가 아니라면 그도 그들의 약점을 알아냈을 것이다.

다행히 방지웅은 바보가 아니었다. 창백한 그의 얼굴 위로 웃음 비슷한 것이 떠올랐다 이내 사라졌다.

노백이 웃었다.

저런 표정을 보여준다는 것은 자신이 있다는 말이다.

방지웅의 손에 들려 있는 예도에서 칼날이 사라졌다. 남은 건 단봉뿐이다. 단봉을 단단하게 움켜쥐고 방지웅이 주위를 둘러보았다.

방지웅의 눈이 번뜩였다.

멀찍이 떨어진 곳에 백포인의 뒷등이 보였다.

방지웅은 백포인의 뒷등을 향해 돌격해 들어갔다.

사람들을 쫓아다니며 무자비하게 손을 휘두르던 백포인이 등 뒤에서 달려오는 방지웅의 냄새를 맡은 모양이다.

백포인이 돌아섰다.

방지웅을 향해 주먹을 내밀었다. 그러나 제대로 움직이지도 못하는 백포인보다는 방지웅이 훨씬 빨랐다.

방지웅이 몸을 살짝 뒤틀었다.

백포인의 주먹을 간단하게 피했다.

방지웅은 백포인의 오른쪽으로 돌아 나갔다. 그리고 그는 백포인의 무릎 안쪽을 향해 단봉을 휘둘렀다.

백포인이 크게 휘청거렸다.

방지웅은 그때를 놓치지 않았다. 그는 다시 한 번 무릎 안쪽을 향해 단봉을 휘둘렀다.

노백은 고개를 흔들었다.

정말이지 단순하고 무식한 방법이었다.

하지만 효과는 있었다. 어차피 핵심은 놈들을 움직이지 못하게 만드는 것이다.

방법이 단순하든 말든…….

노백은 희미하게 웃을 수 있었다.

드디어… 방지웅의 무식한 방법이 먹혔다. 백포로 온몸을 친친 감고 있는 괴물이 바닥에서 꿈틀대고 있었다. 쓰러진 백포인을 쳐다보는 방지웅의 유리알 같은 눈이 유난히 반짝이고 있었다.

방지웅이 혀를 살짝 내밀어 입술을 한번 핥았다. 그리고 방지웅은 수하에게 명령을 내렸다.

이미 모든 상황은 역전되고 있었다.

다섯의 넷

그리고 전각 앞.

백포인이 바닥에서 꿈틀거린다.

그 앞에는 방지웅이 서 있었다. 그리고 방지웅은 놈을 향해 손을 뻗었다.

꿈틀대던 놈이 축 늘어졌다.

그렇게… 모든 것은 끝이 났다.

노백이 주위를 한번 훑어보았다.

꽤 많은 수하들이 죽어서 널브러져 있었다.

노백은 가슴이 답답해졌다.

하나 약한 모습을 보여줄 수는 없었다. 노백은 아주 낮은, 그리고 힘이 담겨 있는 목소리로 말했다.

"방지웅."

"네."

앞에 있는 방지웅이 허리를 숙였다.

노백은 잠깐 동안 방지웅의 팔을 보았다. 녹아버린 살점에서 누런 진물이 흘렀다.

방지웅이 허리를 들어 올렸다.

창백한 그의 얼굴이 약간 달라진 것 같았다. 피로가 쌓였는지 눈이 쑥 들어가고 볼이 홀쭉해진 그런 느낌이었다.

노백은 웃었다.

매일 똑같은 변화없는 모습을 보다가 이렇게 지쳐 있는 모습을 보자 좀 재밌다는 생각이 들었다.

안색을 바로하고 노백이 입을 열었다.

"네 녀석은 지금부터 사람들을 몇 데려가서 저기 있는 시체들을 치우거라."

노백의 명령이 떨어졌다.

방지웅의 지시는 필요가 없었다.

사람들은 발 빠르게 움직였다. 어디서 가져왔는지 몇몇 사람들 손에는 포대 자루가 들려 있었다.

포대 자루가 벌어진다. 그리고 그곳에 사람 하나가 들어간다. 포대 자루의 주둥이를 꽁꽁 묶고 그 밑에 돌덩이 하나를 매달았다. 그리고 이렇게 돌덩이를 매단 이 포대 자루는 내일 아침이면 강물 속에 버려진다.

사람들은 이런 일을 너무나도 많이 해왔다는 듯 자연스럽게 손을 움직였다.

노백이 돌아섰다.

허민오가 거기서 전각을 바라보고 있었다. 그리고 전각을 바라보는 허민오의 눈빛이 달라졌다.

노백이 허민오를 따라 전각을 바라보았다.

전각의 뒤쪽으로 나 있는 어두운 골목에서 무언가 콩콩 뛰어오고 있었다.

혜림이었다.

그녀의 머리칼이 제멋대로 휘날린다. 휘날리는 머리칼 속에서 그녀의 창백한 얼굴이 나타났다.

"할아버지!"

그녀가 소리쳤다.

허민오는 노백을 스쳐 지나 그녀에게 달려갔다.

두 사람은 서로 가까워졌다.

큰 걸음으로 두어 걸음 떨어졌을 때 그녀가 껑충 뛰어올라 그의 품 안으로 들어왔다.

허민오는 그녀를 안았다.

그때 검은 바람 같은 것이 휙 하고 허민오의 곁을 스쳐 지나갔다.

허민오가 돌아보았다.

흑호가 노백을 가로막고 있었다.

그리고 전각의 뒤쪽에서 앵무와 권사가 걸어나오고 있었다. 앵무는 허민오를 보더니 매력적인 눈웃음을 지었다.

노백은 흑호를 물끄러미 쳐다보았다. 그리고 흑호의 등 뒤에서 앵무가 말했다.

"오라버니, 비키세요."

흑호는 '무슨 소리야?' 라고 말하듯이 앵무를 돌아보았다.

앵무는 고개를 흔들었다.

"다 끝났어요. 이제 와서 저 사람과 싸운다면 오히려 제가 추해져요. 비켜주세요."

승산없는 싸움은 그만두자는 말이었다.

그만큼 앵무는 계산이 빠른 여자였다. 조금이라도 승산이 있었다면 혜림을 허민오 곁으로 보내지도 않았다.

흑호는 아주 잠시 동안 앵무를 쳐다보고 서 있었다. 그러다가 느릿하게 옆으로 물러났다.

앵무가 한 발 앞으로 나섰다.

그녀는 노백을 쳐다보았다. 그리고 그녀의 눈가에 깊숙한 잔주름이 새겨진다.

눈웃음을 지으며 앵무가 말했다.

"당신, 진짜 목적이 무언가요? 정말로 제 목숨을 원해요?"

노백이 고개를 끄덕이고 손을 뻗었다. 새하얀 앵무의 목덜미가 노백의 손에 잡혔다.

하지만 앵무는 침착했다.

"이미 다 끝난 마당인데 군이 숨길 필요가 없잖아요? 진짜 목적이 뭐죠?"

노백은 그녀의 눈을 지그시 바라보았다.

앵무가 웃었다. 매력적인 특유의 눈웃음이 그녀의 얼굴 전체로 번졌다.

노백의 인상이 차가워졌다. 그리고…

노백이 앵무의 목덜미를 붙잡은 손을 풀었다.

잠시 후 노백은 말했다.

"얼마 전에 당가에서 연락이 왔다."

"호오, 그래요?"

"그들이 이렇게 말하더군. 널 데려오라고. 죽여도 좋다고까지 했다."

"그래서요?"

앵무가 재촉하듯이 눈웃음을 지었다.

노백이 천천히 입을 열었다.

"괘씸했다. 감히 나에게… 이 노백에게 그 따위 협박을 하다니. 나는 노백이고 그 이름을 지키기 위해서라면 지금 당장이라도 널 죽일수가 있다. 그 이름을 지켜온 시간이 벌써 삼십 년이다. 참 힘든 세월이라고 스스로가 생각한다."

"저도 알아요."

물론 앵무는 알고 있었다.

자신의 '현재' 남편은 잘난 집에서 태어나 호의호식하며 살아온, 그집안 사람들과는 살아온 세월의 두께부터가 달랐다.

노백이 단호하게 말했다.

"그래서 나는 당가를 치기로 마음먹었다."

"같은 생각이네요. 그런데 왜 이렇게 절 괴롭히는 건가요? 우리는 목적이 같은데……."

"아니, 처음부터 당가와 얽히고 싶은 생각은 없었다. 그들의 말대로 널 죽여서 그들에게 보낼까도 생각했다."

"그래요? 이런, 서로 비겼네. 우린 아무래도 천생연분(天生緣分) 같아요. 나도 당신을 죽일 생각이었어요."

"알고 있다."

앵무를 빤히 쳐다보는 노백,

아무것도 아니라는 듯이 대꾸하는 앵무.

옆에서 두 사람을 지켜보는 허민오는 참 이상한 부부라는 생각이 들었다.

하기야 서로를 죽이려고까지 마음먹은 부부인데…….

허민오의 생각과는 관계없이 앵무가 다시 말했다.

"이야기가 자꾸 어긋나는 느낌이네요. 제가 묻고 싶은 건 그 집안과 싸울 결심을 했다면 저와 함께……. 뭐죠?"

앵무는 두 눈을 동그랗게 떴다. 노백이 손을 내밀고 있었기 때문이다.

노백이 입을 열었다.

"내놔라. 당가를 치기 위해선 반드시 필요하다."

"뭘요?"

"천애지독(天涯之毒)."

노백의 대답에 앵무가 눈을 살짝 찌푸렸다.

잠시 후 앵무는 입을 삐죽거렸다.

"너무하시네. 겨우 그것 때문에 절 괴롭힌 거예요?"

'겨우'라고는 말했지만 그 집안 사람들이 그 이야기를 들었다면 아마 뒤로 나자빠졌을 것이다.

천애지독.

독공(毒功)이라면 단연 천하제일인 당가에서조차 만들어내기만 했지 실제로 해독하지 못했다. 그 때문에 세상에는 알려지지 않았다.

아주 오래전 그녀의 전 남편을 죽인 독이기도 했다. 그리고 그 집안에서 그토록 자신을 찾았던 것도 바로 그 독 때문이었다.

누구의 손에도 들어가선 안 되는 그런 물건이었다.

만약 노백이 그냥 달라고 했으면…….

앵무는 아마 거절했을 것이다.

그러한 자신의 성격을 누구보다 잘 알기 때문에 노백은 이렇게 직접 자신을 치러 왔을 것이다.

앵무가 옆에 서 있는 흑호를 쳐다보았다.

"오라버니, 가져오세요."

흑호가 눈을 부라리며 고개를 흔들었다.

앵무는 반대로 머리를 끄덕였다.

"괜찮아요. 오라버니도 아시잖아요? 이 사람은 한번 입 밖으로 꺼낸 말은 어떠한 일이 있어도 지켜요. 그 집안은 이 사람이 알아서 할 거예요. 게다가 오히려 잘됐잖아요? 제 손 더럽히지 않고 그 잘난 집안 사람들이 죽어 나가는 꼴을 보게 되다니……."

앵무는 약간 과장된 몸짓으로 가슴에 손을 올렸다.

"난 지금 가슴이 다 두근거려요."

앵무의 눈가에 깊숙한 주름이 생긴다. 그리고 그녀를 물끄러미 쳐다보던 흑호가 돌아섰다.

앵무는 다시 노백에게 물었다.

"그래, 이제는 어쩔 생각인가요?"

앵무는 노백에게 다시 물었다.

"말했다시피 당가를 친다!"

노백은 단호하게 말했다.

그 뒤로 두 사람은 한참 동안이나 말이 없었다. 그리고 앵무가 먼저 천천히 말했다.

"그런데 누군가요?"

"음……?"

"누가 당신을 핍박했어요?"

"그걸 안다고 달라질 게 있나?"

"당연히 달라져요. 난 그들을 잘 알아요. 누구인지 알면 상대를 대하는 태도가 달라진단 말이에요. 가령 완고한 시어머님이라면……."

앵무는 고개를 흔들었다.

"아니, 이제는 노태태(老太太)라고 불러야겠지요. 그분이라면 볼 것도 없이 저는 지금 도망을 쳐야 해요. 다행히 노태태는 죽어서 내가 도망치지 않아도 되지만……. 어쨌든 누구인가요?"

"당가의 현재 가주라고 했다."

"하!"

앵무는 차갑게 비웃었다.

"그 사람이라면 제가 너무나도 잘 알죠. 저… 당신께 부탁이 있어요."

"……?"

"그 사람을 만날 때 저도 꼭 데려가 주세요."

앵무가 애원하듯이 말했다.

노백은 잠시 앵무를 쳐다보다가 대답했다.

"가자."

"가다니, 어딜?"

"그자를 만나러……."

노백의 말에 앵무의 눈이 빛났다.

"그 사람이 지금 어딨는데요?"

"취향각(醉香閣)."

"노구 오라버니가 예전부터 관리하던 기루네요. 그리고 보니 노구

오라버니는 유난히 여색을 밝혔는데······."

말끝을 흐리며 앵무가 허민오를 돌아보았다. 그리고 어느새 혜림은 허민오의 곁에 서 있었다.

앵무가 전각 앞에 널브러져 있는 백포인들을 가리켰다.

"노인은 어떻게 저것들의 약점을 알았나요?"

하지만 대답은 노백이 대신했다.

"그 사람이 만들었으니까."

"······!"

앵무는 멍한 눈으로 허민오를 쳐다보았다.

잠시 후 앵무는 쌩글거리며 웃었다.

"이런······. 혹시 노인은 그 집안 사람이에요?"

"무슨 말이시오?"

"그렇잖아요. 노인과 저 아이는 내가 그 집안과 상대하기 위해 오랜 세월 동안 준비한 것들을 다 없애니 말이에요."

허민오는 혜림을 내려다보았다. 그녀는 시큰둥한 표정으로 세 사람의 대화를 듣고 있었다.

허민오가 다시 앵무를 바라봤다.

앵무는 말했다.

"뭐, 이제 와서 숨길 필요도 없지요. 저 아이에게 죽은 내 아들은 당가의 적손(嫡孫)이에요. 노인도 아시겠지만 고리타분한 그 집안 사람들은 그런 걸 꽤나 따지지요. 전대 문주의 아들, 그 아들의 어미라는 대의명분이 선다면, 그리고 죽은 그 양반이 나에게 맡긴 그 물건만 있다면 그 집안 사람들은······."

앵무는 잠시 말을 끊었다.

그리고 앵무가 처연하게 웃었다.

"이제 그만두죠. 그 아이가 이미 죽고 없는데 그런 것들이 무슨 소용 있다고……."

앵무는 고개를 흔들었다.

"하기야, 그렇게 나쁜 짓을 많이 했는데 하늘이 용서할 리는 없겠지요."

허민오는 불쌍하다는 듯이 앵무를 바라보았다.

앵무가 말했다.

"그렇게 보지는 말아요. 나는 후회는 안 하니까."

"음……."

허민오는 고개를 무겁게 끄덕였다.

앵무는 금세 우울한 기분을 날려 버렸다. 그녀는 어깨를 으쓱거리고 허민오에게 말했다.

"노인도 같이 가실래요? 재밌는 볼거리가 있을 텐데……."

앵무가 한쪽 눈을 깜빡였다.

다섯의 다섯

기루(妓樓).

그것도 사천성 성도부에서는 내로라하는 고급 기루 취향각의 내실이었다.

방문 앞에 서 있는 일곱 사람.

노백과 방지웅이 선두에, 그 뒤에는 혜림을 보듬어 안은 허민오가 서 있었다.

그리고 앵무와 그녀를 따라온 흑호와 권사였다.

노백은 고개를 한번 갸웃거렸다.

밤늦은 시각이다.

이맘때쯤이면 방 안에서 여인들의 교성과 함께 살과 살이 부딪치는 소리가 들려와야 정상이다.

하지만 이곳은 너무나도 조용했다. 그리고 이상한 비린내가 흘러나 왔다.

노백이 방문의 손잡이를 잡았다.

벌컥!

문을 열었다.

방 안은 꽤나 넓었지만 노백은 방 안을 둘러보고 인상부터 써야 했 다. 그리고…

노백의 어깨 너머로 보이는 방 안의 풍경은 허민오로 하여금 자연스 레 혜림의 눈을 가리게 만들었다.

치익!

살이 타 들어갔다.

의자에 다소곳이 앉아 있는 아름다운 여자의 얼굴이 흉악하게 일그 러진다.

여자는 입을 딱 벌렸다.

젖꼭지가 타 들어가는 고통은 말로 표현할 수가 없었다. 하지만 어찌 된 영문인지 입에서는 비명이 나오지 않았다. 여자는 자신을 괴롭히는 사람을 내려다보았다.

그 사람은 중년인이었다. 한 손에는 시뻘겋게 달아오른 쇠 젓가락을 들고 있었다. 그 젓가락은 여자의 젖꼭지에 살짝 닿았다가 떨어졌다.

중년인은 여자의 가슴에 바짝 얼굴을 들이밀고 있었다. 그 얼굴에는 묘한 웃음이 걸려 있었다.

여자는 중년인을 향해 욕을 퍼부었다.

어떤 남자들은 옷을 벗고 침대 위에 누워서는 여자가 자신을 짓밟고 때리고 학대하는 것을 좋아한다. 하지만 여자 자신이 학대를 받는 경우는 처음이었다.

여자가 중년인을 처음 만났을 때, 그가 약을 건네었다. 기운을 북돋워주는 약이라고 했다. 가끔 손님들 중에 이런 약을 건네주는 사람은 많았다.

여자는 아무런 의심도 없이 그 약을 먹었다. 이곳에서는 손님이 원하는 대로 해줘야 한다.

하지만 중년인이 준 그 약은 달랐다. 썼다. 너무 써서 뱉어버리고 싶은 그 약은 여자의 목을 타고 넘어갔다. 그리고 그때부터였다. 몸이 나른해지고 목소리는 흘러나오지 않게 되었다.

문이 열렸다.

흠칫 놀란 중년인은 젓가락을 내려놓았다. 그는 방문 쪽을 향해 고개를 돌리고 웃음을 지었다.

"아, 혹시 노백이시오?"

여자도 중년인을 따라 방문 쪽으로 시선을 돌렸다. 여자는 노백을 발견했다. 여자가 가장 존경하는 분이다.

　인사를 해야 한다. 하지만 여자의 정신은 이미 혼미해지기 시작했다.

　여자가 기절했다.

제8장

내가 본 그 사내아이는 너무나도 예뻤다

넷의 하나

7월 5일 늦은 밤.

"당신, 너무한다."

감정이 고스란히 묻어 있는 낮은 목소리.

노백은 중년인을 노려보았다.

중년인은 양손을 가지런히 모아 포권해 보였다. 그리고 중년인이 빙그레 웃었다.

"미안합니다. 기다리기 지루해서 말……."

중년인의 얼굴이 경직되었다. 그는 노백의 뒤에 서 있는 앵무를 본 것이다.

앵무가 살포시 웃었다.

"당신은 이십 년이 지나도 한결같군요. 아직도 그런 추잡한 짓을 좋아하다니 말이에요, 도.런.님."

"혀, 형수?"

중년인은 멍하니 앵무를 바라보았다.

앵무가 담담하게 입을 열었다.

"오랜만이네요?"

그녀는 특유의 눈웃음을 짓는 것도 잊지 않았다.

중년인은 노백을 돌아보고 떨리는 목소리로 말했다.

"모, 목만 가져오라고 하지 않았소?"

"그랬다."

노백이 고개를 끄덕였다. 싸늘하게 식어버린 눈으로 여전히 중년인을 노려보면서.

앵무가 비릿하게 웃었다.

앵무는 중년인을 잘 알고 있었다.

무언가 큰일이 닥쳤을 때 중년인은 손톱을 물어뜯는 버릇이 있었다. 지금처럼 말이다. 그리고 조금 더 일이 꼬인다 싶으면 눈동자가 이리저리 굴러간다. 역시 지금처럼……

"하!"

앵무가 차갑게 웃었다.

중년인이 화들짝 놀랐다.

"뭐, 뭐요, 형수?"

"누가 당신 형수예요?"

앙칼지게 쏘아붙인 앵무가 노백을 돌아보았다.

쌩글……

앵무가 묘하게 웃었다. 웃으면서 그녀는 말했다.

"어때요? 이런 사람이 현재 당가의 가주라니……. 그것도 자신의 친형을 죽여놓고 뻔뻔하게 가주의 지위를 이어받았다니 말이에요. 웃기지 않아요? 세상 사람들이 이런 사실을 알면 뭐라고 할까?"

노백은 놀랐다.

그 모습을 보고 앵무는 자조적인 미소를 만들어냈다.

"왜요? 당신도 내가 그 양반을 죽였다고 생각했나요?"

"음……."

노백은 솔직하게 머리를 끄덕였다.

앵무가 어깨를 한번 으쓱거리며 말했다.

"섭섭하네? 적어도 당신만큼은 날 믿고 있을 줄 알았는데."

"미안하다."

앵무는 노백의 진심을 알 수 있었다. 그녀가 고개를 가로저었다.

"아니, 괜찮아요. 다 지나간 일이니까. 이제 와서 구차하게 변명을 늘어놓을 마음은 없네요."

"그래도 미안한 건 미안한 거나."

"네, 그런 걸로 해두지요."

얼버무리듯이 대꾸를 하고 앵무가 고개를 살짝 숙였다.

"고마워요. 당신은 이십 년 동안이나 나에게 거짓말을 하지 않았잖아요. 단 한 번도."

앵무가 쌩글거리며 매력적인 눈웃음을 지었다.

"자, 안으로 들어가요. 어디 저 인간이 뭐라고 말을 하는지 들어보자구요."

넷의 둘

이야기가 다시 시작되었다.

탁자에 올려진 술과 안주가 치워지고 젖꼭지가 짓뭉개진 여자가 실려 나간 후, 그러니까 노백 일행이 자리에 앉고 나서의 일이다.

"여전하네요?"

일부러 중년인의 정면에 앉은 앵무가 말문을 열었다.

중년인이 앵무를 힐끔 보았다. 그는 자신이 아직까지 손톱을 물어뜯고 있다는 사실을 모르는 것 같았다.

앵무가 비릿하게 웃었다.

"도련님은 긴장을 하면 손톱을 물어뜯죠."

"……!"

"피까지 흘려서 노태태한테 야단맞은 적도 있었고……."

가주는 입에 물고 있던 손을 슬그머니 내렸다. 그리고 그는 아랫입술을 깨물었다.

앵무가 지나가는 투로 말했다.

"장로원(長老院)의 백(白) 장로는 잘 있나요? 얼마 전에 소식을 들었는데 그분이 여태 생존해 있다니……. 유난히 절 아꼈지요. 기억하세요?"

가주의 표정이 달라진다.

앵무는 깨달았다.

이 못난 남자는 아직도 백 장로를 두려워하고 있었다. 그리고 앵무는 제대로 사람을 놀릴 줄 아는 여자였다.

"제가 만약 지금 당장 그 집안으로 쪼르르 달려가서 백 장로한테 사실대로 말해 볼까요? 아마 도련님은 그날로 가주 지위를 박탈당할 텐데……?"

가주의 얼굴이 참담하게 일그러졌다.

앵무의 말대로였다. 최고장로인 백 장로가 나선다면…….

눈앞이 캄캄해지는지 가주의 어깨가 축 늘어졌다.

앵무는 가주를 놀리려는 게 분명했다.

"걱정 마세요. 백 장로에게 갈 일도 없을 테니. 전 더 이상 그 집안과 얽히고 싶지가 않네요."

가주는 정말이냐고 묻듯이 앵무를 바라본다.

앵무가 고개를 끄덕였다.

가주는 입을 열었다.

"만약……."

하지만 가주가 말을 꺼내기도 전에 앵무가 그의 말을 살짝 가로챘다.

"만약 '거짓말이면 넌 가랑이가 찢어져서 죽는다' 고 말하시고 싶은 거예요?"

가주는 거침없이 말하는 앵무를 노려보았다.

하지만 앵무의 비아냥거림만큼은 여전했다.

"하기야, 그 대단한 당가의 가주께서 어디 우리 같은 사람을 상대나 하겠어요?"

가주는 아무런 말이 없다. 다만 딱딱하게 굳은 표정으로 앵무를 지그시 바라볼 뿐이다.

앵무가 차갑게 웃었다.

"하, 재밌네. 그렇게 보신다고 제가 겁먹을 것 같아요? 착각하지 마세요. 난 도련님이 무서운 게 아니에요. 그 집안 자체가 무섭다는 거지요. 누구보다 내가 잘 알아요. 그들의 집요함만큼은……."

앵무의 표정이 우울해졌다.

그들의 집요함을 알기 때문에 고루노괴한테 몸을 주면서까지 그 괴물들을 얻었다.

앵무가 옆을 보았다. 바로 옆에는 그 고루노괴의 '마지막 작품'인 혜림이 앉아 있었다.

하지만 이 꼬마 계집은 아무래도 앵무 자신을 무지 싫어하는 것 같았다. 눈이 부딪치자 계집아이는 고개를 돌렸다.

그리고 앵무는 혜림의 옆에 앉아 있는 허민오가 눈을 찌푸리는 모습도 보았다.

허민오는 참 묘한 기분이 들었다.

방 안으로 들어오는 순서대로 앉았기 때문에 어쩔 수 없이 앵무가 혜림의 옆에 앉았다.

못내 맘에 걸렸다.

앵무가 허민오의 생각을 읽은 것 같았다. 그녀는 걱정 말라는 듯이 쌩글거리며 웃었다.

허민오는 일단 상황을 지켜보기로 했다.

일이 커지는 걸 원치 않았다. 만약 상황이 변한다면 그는 혜림을 안고 도주할 생각이었다.

앵무는 금세 우울함을 날려 버렸다. 그녀가 다시 정면을 쳐다보고 말했다.

"나참, 정말 웃기시네. 도련님은 지금 자신의 입장을 크게 착각하고 있는 거 아닌가요? 그동안 얼마만큼 수련을 쌓았는지는 몰라도 혼자서 여기 있는 사람 모두를 상대할 수 있을까요? 게다가 도련님이 수하들을 부를 때까지 이 사람들이 가만 놔둘 것 같아요?"

앵무는 의도적으로 주위를 한 바퀴 돌아보았다.

노백, 방지웅, 허민오, 흑호, 권사.

이들만으로도 충분하다.

하지만 정말로 무서운 건 그들이 아니었다.

바로 옆에 앉아 있는 계집아이.

이 조그만 꼬마 계집이야말로 '진짜'였다.

앵무는 기분 좋게 웃었다. 눈가에 매력적인 잔주름이 깊숙이 자리 잡았다.

노백은 가주를 쳐다보고 있었다.

이자를 직접 보는 건 오늘이 처음이다. 지난번에는 이자의 수하라는 사람이 다녀갔다.

워낙 비밀이 많은 집안의 주인이라 그런지 이자에 대해서 알려진 것도 별로 없었다.

뭐, 하긴 굳이 알고 싶지도 않았다.

자신과 저 사람은 사는 방식부터가 달랐다.

그 집안은 관부가 승인한 전장(錢莊)이라든지 표행업(鏢行業)같이 밝은 쪽 일에 고수들을 보내서 돈과 표물(鏢物)을 '보호'하는 일을 주로

한다고 해야 하나.

반대로 노백이 만든 조직은 어두운 쪽, 그러니까 색주가(色酒街)라든지 저잣거리 같은, 사람들이 더럽다고 생각하는 곳을 '지배' 했다.

그래서였을까?

두 사람이 만날 일은 이제껏 없었다.

물론 두 집단이 부딪치는 경우가 가끔 있긴 했다. 그럴 때면 수하들이 알아서 해결하는 탓도 있지만.

어쨌든…

노백은 가주를 쳐다보고 있었다.

어차피 오늘이 지나면 그 집안과의 싸움이 시작된다. 우선 상대에게 그것을 분명히 알려줄 필요가 있었다.

노백이 입을 열었다.

"하나만 묻고 싶다."

모든 사람이 노백을 쳐다보았다.

노백은 앵무를 가리켰다.

"저 여자가 나와 살을 섞은 지도 벌써 스무 해가 넘었다. 그런데 왜 그동안 아무 말도 없다가 지금에 와서 갑자기 저 여자의 목숨을 원하는지 그 이유를 알고 싶다."

가주는 앵무를 힐끔 쳐다보고 입을 열었다.

"노백께서 저 여자를 보호하고 있었다는 걸 우리가 몰랐다면 믿겠소?"

노백이 고개를 저었다.

"장난은 그만 하자. 이십 년이나 몰랐다는 건 말이 안 된다."

가주는 입을 굳게 다물었다.

노백은 기다렸다. 한참 동안이나.

하지만 여전히 대답은 들을 수 없었다.

노백은 픽 하고 건조하게 웃었다.

아무래도 좋았다.

자신은 그저 '이제부터 당신과 나는 적이다' 라는 사실을 분명하게 전하기만 하면 된다. 이렇게 말이다.

"내 대답은 저 여자가 아직 살아 있다는 것, 그리고 저 여자는 앞으로도 살아 있을 거다."

가주의 눈빛이 변했다.

아니, 그보다는 마치 사람이 달라진 것 같았다.

부릅뜬 눈에서 싸늘한 빛이 감돌고 노백을 바라보는 얼굴은 딱딱하게 굳어 있었다.

몸집이 약간 커진 것도 같고 입고 있는 옷이 부풀어 오른 것도 같았다.

그리고 냄새…….

가주의 몸에서 희미한 약초 냄새 같은 것이 느껴졌다.

이제껏 앵무한테 놀림을 받고 있었던 그 사람이 맞는지 의심이 갈 정도였다.

가주는 천천히 말했다.

"방금 그 말, 내 마음대로 해석해도 되나?"

말투조차 어느새 하대로 변해 있었다. 하지만 노백은 눈썹 하나 까닥하지 않았다.

"마음대로 해도 상관없다."

"그래……? 크크큭!"

가주가 키득거렸다.

가주의 모습이 또 한 번 달라졌다. 그의 얼굴이 흑호처럼 시커멓게 변했다. 약초 냄새가 아주 역겹게 변했다. 가주의 몸 주위로 검은 구름 같은 것이 뭉게뭉게 피어올랐다.

검은 구름이 가주를 집어삼켰다.

"모두 호흡을 멈춰요!"

앵무가 소리쳤다.

거의 동시에 흑호와 권사가 검은 구름을 향해 달려들었다.

그때 검은 구름 안에서 손이 불쑥 튀어나왔다. 그 손에는 번쩍이는 쇠붙이가 들려 있었다.

손은 앵무의 눈앞에서 빠르게 흔들렸다.

쒸이이익!

눈앞에서 빛이 반짝인다는 생각이 들었을 때 이미 세 자루의 유엽비도(柳葉飛刀)가 앵무에게 쏘아져 들어왔다.

앵무가 옆에 있는 혜림의 뒷덜미를 덥석 낚아챘다.

혜림은 영문도 모른 채 앵무의 손길에 딸려갔다. 혜림의 몸집은 작았지만 앉아 있는 앵무를 가리기엔 충분했다.

퍼퍽!

유엽비도가 사방으로 튕겨져 나갔다. 그리고 검은 구름이 둥실 떠오르는 것 같더니 그대로 앵무를 덮쳤다.

검은 구름은 주춤거렸다.

혜림의 몸이 검은 구름을 향해 날아가고 있었다. 앵무가 주저없이 혜림을 집어 던진 것이다.

검은 구름 속에서 다시 손이 튀어나왔다. 손바닥이 혜림의 등을 때렸다.

파앙!

혜림의 몸은 단단했다.

검은 구름이 뒤로 물러났다.

뒤쪽에서 검은 구름을 노리고 들어가던 흑호와 권사가 검은 구름과 살짝 부딪쳤다.

권사와 흑호가 주춤거리며 물러나서 피를 토해냈다. 그들의 피는 검게 죽어 있었다.

혜림의 작은 몸이 방향을 틀었다.

허민오는 벽 쪽으로 날아가는 혜림을 따라 몸을 던졌다. 그는 스스로를 책망했다. 앵무가 혜림의 옆에 앉아 있을 때부터 우려했던 일이다. 한데도 막지 못하다니.

꽈앙!

혜림의 몸이 한쪽 벽에 부딪쳤다.

허민오는 벽을 들이박고 굴러 떨어진 그녀 앞에 섰다. 그리고 그는 웅크리고 있는 혜림을 물끄러미 내려다보았다.

그녀는 아무런 움직임이 없었다. 하지만 허민오는 아직도 기억하고 있었다. 며칠 전, 이름없는 주점에서 일어났던 일을.

이렇게 아무런 움직임이 없던 그녀가 일어나고 사람들이 죽어 나갔다.

꿈틀.

혜림의 등짝이 크게 비틀렸다. 그리고 그녀가 벽을 향해 손을 뻗었다.

팍!

그녀의 손이 벽을 뚫고 들어갔다. 그리고 그녀는 구멍 뚫린 벽을 붙잡고 일어섰다.

허민오는 그녀를 집어 던질 생각으로 양손을 뻗었다.

막 허민오가 그녀의 양 어깨를 붙잡으려고 할 때였다. 그는 무언가 괴이한······.

말로는 도저히 설명 못할 기분에 사로잡혔다. 본능이라고 해도 좋았고 두려움, 혹은 공포라고 해도 좋았다.

허민오는 한 걸음 뒤로 물러났다.

혜림이 말했다.

"누.가. 혜.림.이.를. 아.프.게. 한. 거.야?"

목소리는 낮고 음산했다. 목이 완전히 쉬어버린 것만 같았다.

그녀는 등 뒤를 향해 고개를 돌리기 시작했다. 그리고 그녀의 턱이 왼쪽 어깨 근처쯤 왔을 때였다.

그녀의 왼쪽 어깨가 푹 꺼졌다 다시 솟아났다. 그러나 너무 많이 솟아올랐다.

빠악!

턱이 어깨뼈에 부딪쳐 덜컥거렸다.

하나 그뿐만이 아니었다. 팔목의 관절이 바깥으로 꺾일 때도 있었고 허리가 뒤로 구십 도 각도로 꺾이기까지 했다. 옷 밖으로 드러난 목, 얼굴, 그 밖의 모든 살들이 비틀리며 제 형태를 완전히 벗어났다.

잠시 후, 혜림의 입술이 한쪽으로 틀어지더니 뾰족이 튀어나온 송곳니로 자신의 혀를 질끈 깨물었다. 그녀의 입에서 쏟아지는 싯누런 액체에서 고약한 냄새가 났다.

넷의 셋

우두둑! 우두둑!

뒤틀린 혜림의 몸이 다시 원래대로 되돌아오기 시작했다.

싸움은 어느새 멈춰졌다.

가주의 몸에서 피어오른 검은 구름도 사라졌다. 검은 구름을 향해 다시 달려들던 권사와 흑호도 굳어버린 듯 서 있었다.

모든 사람들이 그저 멍하니 혜림을 쳐다보았다. 그들의 얼굴은 하나같이 새하얗게 질려 있었다.

혜림의 모습은 이미 사람의 형상이 아니었다.

온몸이 뒤틀리고 입에선 싯누런 액체가 주르륵 흘러내리는 그 모습은 꿈속에서라도 만나기 싫을 정도였다.

그나마 가장 먼저 냉정을 찾은 것은 허민오였다.

허민오가 손을 뻗었다. 그리고 그는 그녀의 멱살을 움켜쥐고 방문이 있는 쪽으로 냅다 달렸다. 문을 열고 그녀를 문밖으로 집어 던진 허민오는 문을 소리나게 닫았다.

뿌드드득!

문밖에선 여전히 소름 끼치는 소리가 들려온다.

허민오는 숨을 죽이고 방문을 지켜보았다.

한참 후 뼈마디가 비틀리는 소리가 뚝 그쳤다.

꽈아앙!

방문이 산산조각났다. 허옇게 눈을 까뒤집은 그녀가 문을 박살 내고 들어왔다.

허민오는 그녀에게 다시 달려갔다.

푸악!

자욱한 피안개가 흩어졌다. 하나의 인영이 시커먼 선혈을 토해내면서 튕겨져 나갔다.

허민오였다.

대체 어떻게 해서 자신의 몸이 튕겨져 나가고 있는지 영문을 알 수가 없었다. 그녀를 다시 방문 밖으로 집어 던지기 위해 그녀의 어깨를 붙잡은 것까지는 기억이 났다. 그리고…….

치익!

손바닥에서 허연 김이 피어올랐다.

너무나도 차가워진 그녀의 몸뚱이,

자신의 손이 그대로 얼어붙는 것 같은 고통…….

손을 놓고 물러서자 그녀가 달려들어 왔다.

허민오는 어쩔 수 없이 참장을 끌어올려 그녀의 몸뚱이를 때렸다.

꽝!

폭음이 터졌다.

하지만 그녀는 멀쩡했다. 그저 자신의 몸이 뒤로 나가떨어지고 말았다.

허민오가 바닥에 벌렁 드러누웠을 때 그녀는 앵무를 향해 돌격해 들어가고 있었다.

앵무가 노백을 한번 힐끔 바라보았다.

두 사람의 눈길이 부딪쳤다.

앵무가 눈짓을 보냈다.

노백은 앞에 있는 탁자를 뛰어넘었다.

그사이 앵무는 혜림을 향해 손을 뻗었다.

쾅!

단단한 노백의 주먹이 가주의 턱에 작렬했다.

"컥!"

눈앞에 별이 반짝이는 와중에 가주는 손을 휘저었다. 가주의 솜씨는 정확했다.

"크악!"

노백이 왼쪽 눈을 감싸 쥐고 뒷걸음질쳤다. 유엽비도 한 자루가 그의 눈을 파고들었다.

우당탕!

탁자에 걸린 노백이 뒤로 넘어졌다. 탁자는 노백의 몸무게를 견디지 못하고 박살이 났다.

방지웅이 달려가 노백을 부축했다.

혜림의 몸을 때리고 튕겨져 나간 앵무의 등짝이 가주의 눈앞으로 불쑥 나타났다.

빙글!

앵무가 공중에서 팽이처럼 몸을 돌렸다. 가주는 한 손으로 턱을 감싸 쥐고 다른 손으로 앵무를 막았다. 그의 몸에서 희미한 약초 냄새가 났다.

막 가주의 주먹이 앵무의 유방을 짓뭉개 버릴 찰나,

매력적인 눈웃음을 짓고 있던 앵무의 얼굴이 허깨비처럼 밑으로 푹 꺼졌다.

팡!

앵무의 손바닥이 가주의 옆구리를 때렸다.

가주는 휘청거렸다. 그리고 앵무는 한쪽으로 물러났다.

앵무는 소리쳤다.

"오라버니들, 지금 저자에게 독공을 펼칠 시간을 줘선 안 돼요!"

사실 그녀가 소리칠 필요까지는 없었다. 흑호와 권사는 이미 가주의 뒷등을 노리고 있었다.

가주는 자신이 승산이 없다는 사실을 깨달았다.

혼자서 다섯 사람이나 상대한다는 건 애초부터 무리였다. 처음 계획대로 앵무에게만 손을 쓰고 몸을 빼냈어야 했는데……

웬 괴물 같은 꼬마 계집에게 신경을 쓴 탓에 몸을 뺄 기회를 놓쳤다.

하지만 후회는 이미 늦었다.

퍼억!

뒷등을 갈기갈기 찢어발기는 충격 때문에 가주의 몸이 앞으로 쏠리면서 몇 걸음 나왔다. 그리고 혜림이 달려왔다.

쩌앙!

갈비뼈가 산산히 부서지는 줄만 알았다.

가주의 몸이 붕 떠올랐다. 하지만 가주는 쉽사리 포기하지 않았다.

가주가 재빨리 손을 휘저었다.

휙!

그녀의 뒤쪽에 보이는 창문 밖으로 무언가 날아갔다.

퍼어어어엉!

신호탄(信號彈)의 불꽃은 아름다웠다.

달려오던 그녀가 멈췄다. 그리고 그녀는 놀란 듯이 뒤를 돌아보았다. 신호탄의 불빛이 싫은지 그녀가 인상을 찌그러뜨렸다.

하지만 그녀와 달리 가주는 웃을 수 있었다. 이제 조금 있으면 수하들이 달려온다.

당가의 정예들이다.

그들만 온다면…….

그런 생각을 할 때였다.

쿵!

가주는 머리를 벽에 처박았다. 그리고 창문 밖에서 순간적으로 타올랐던 신호탄의 불빛이 사라졌다.

그녀가 다시 달려왔다.

혜림이 가주의 몸 위로 올라탔다.

그녀는 가주의 멱살을 콱 틀어쥐고 들어 올렸다. 그리고 그녀가 입을 쩍 벌렸다. 날카로운 송곳니 두 개가 나타났다.

그녀가 가주의 목을 향해 고개를 숙였다. 그리고 그녀의 이빨이 가주의 목 깊숙이 파고들 찰나,

그녀가 문득 머리를 들었다. 그녀는 고개를 한번 갸웃거리더니 가주의 목을 향해 다시 머리를 숙였다.

그녀는 가주의 목에 코를 갖다 댔다. 킁킁거리며 냄새를 맡던 그녀

가 인상을 잔뜩 찌푸렸다.

"이.게. 아.니.야. 그. 냄.새.가. 안. 나."

그녀는 여전히 목이 쉰 듯한 목소리로 떠듬떠듬 말했다. 그리고 그녀는 마치 어린아이가 싫증난 장난감을 내팽개치는 것처럼 가주의 멱살을 놓았다.

쿵…….

가주의 머리가 땅에 부딪쳤다.

그녀가 주위를 둘러보며 떠듬떠듬 말했다.

"어.딨.어."

하지만 안개 속처럼 흐릿하게 보이는 방 안에 서 있는 사람이 아무도 없었다.

넷의 넷

"노인도 꼼짝 말고 엎드려 있어요!"

전음(傳音)이 들려온 건 혜림이 가주의 몸 위로 올라탔을 때였다.

허민오는 앵무를 힐끔 쳐다보았다.

앵무는 배를 바닥에 깔고 쥐 죽은 듯이 엎드린 채 쌩글거리며 웃었다.

고개를 돌린 허민오는 혜림을 바라보았다.

허민오는 슬쩍 인상을 썼다.

앵무의 판단은 옳았다.

지금처럼 혜림이 의식을 잃고 미쳐 날뛸 때는 달리 방도가 없었다. 그저 그녀가 제정신을 차릴 때까지 기다릴 뿐.

괜스레 그녀 앞에 나섰다간 그녀가 더 미쳐 버릴지도 몰랐다.

허민오의 눈동자는 크게 흔들렸다. 고루노괴가 그토록 바라던 괴물이 되어가는 과정이 그녀의 몸을 통해 하나둘씩 나타나는 것 같았다.

그런 생각이 들자 깡마른 그녀의 얼굴은 그야말로 완전한 괴물의 얼굴을 보는 것 같았다.

허민오는 머리를 흔들었다.

아니다.

어쩌면…….

지금 나는 사부와 고루노괴 두 사람이 그토록 원했던 괴물을 직접 눈으로 확인할 수 있는 나 자신에게 흥분하고 있는 건지도 모른다.

허민오는 도저히 지금 자신이 느끼는 이 감정이 무엇인지 설명할 길이 없었다. 과연 그녀의 의식이 조금 살아 있다고 해서 고루노괴의 실험이 실패한 것인지…….

자신은 과연 그녀를 인간으로 다시 돌릴 수 있는 것인가?

모르겠다.

이제는 자신이 없어졌다.

"하아……."

역시 그녀를 만나고부터 한숨이 늘었다.

가주를 짓눌렀던 혜림이 천천히 일어났다. 그리고 그녀는 주위를 둘러보았다. 히옇게 까뒤집혀진 눈동자는 무엇을 바라보고 있는지 알 길이 없었다.

그녀가 말했다.

"없.잖.아."

허민오가 일어났다. 그의 행동은 조심스러울 수밖에 없었다.

옷자락이 바스락거리는 소리 때문이었을까. 그녀가 고개를 돌렸다. 흰자위만 남은 그녀의 두 눈이 허민오를 쳐다보았다.

허민오를 안타깝게 만드는 눈이었다.

허민오가 그녀에게 한 발 다가갔다. 그녀를 꼭 안아주고 싶었지만 그럴 수가 없었다. 난데없이 그녀가 온몸을 떨었기 때문이다. 마치 간질(癎疾)이라도 앓는 것처럼.

그녀의 몸이 뒤틀렸다.

다행히 아까보다는 심하지 않았다. 그저 밖으로 드러난 살들이 약간 비틀렸을 뿐이다.

그녀는 두 눈을 빠르게 깜빡거렸다. 불그스름하게 변한 흰자가 다시 하얗게 돌아왔다. 위로 올라갔던 새까만 눈동자가 다시 밑으로 내려오고 있었다.

허민오가 마른침을 꿀꺽 삼켰다. 그는 또다시 그녀가 미쳐 날뛰는 줄 알았다. 얼른 한 걸음 물러나 그녀를 지켜보았다.

그녀가 소리쳤다.

"아파! 혜림이는 머리가 너무나도 아파!"

그녀는 머리를 감싸 쥐고 허물어지듯이 쓰러졌다.

허민오는 그런 그녀를 가만히 내려다본다.

바닥에서 바들바들 떨고 있는 그녀의 모습이 애처로웠다. 하지만 허민오가 해줄 수 있는 일은 아무것도 없었다.

그녀가 조그만 입술을 열었다.

"고루노괴 할아버지, 혜림이를 아.프.게. 하.지. 마."

목소리는 점점 작아지더니 마침내 들리지 않게 되었다. 약간 뒤틀린 그녀의 몸이 다시 정상으로 되돌아오기 시작했다.

혜림이 다시 깨어났을 때 방 안의 분위기는 달라져 있었다.

팽팽하게 당겨진 '활시위 같은 긴장감'을 피부로 느낀다는 것은 말도 안 되는 일이었다. 하지만 분명히 거북이 등껍질처럼 딱딱한 기운이 사방에 감돌고 있었다.

눈앞에는 할아버지가 서 있었지만 할아버지는 돌아섰다. 그리고 할아버지의 눈길은 다른 데로 가 있었다.

그녀가 할아버지의 시선을 따라 고개를 돌렸다.

열 명의 낯선 사람들이 문을 떡하니 가로막고 비켜줄 생각을 하지 않았다. 그리고 앵무가 '몸에서 이상한 냄새가 났던 아저씨'의 목을 틀어쥐고 열 명의 낯선 사람들 앞에 서 있었다.

앵무는 고개를 숙인다.

그녀의 입술이 가주의 귀에 살짝 닿았다. 그리고 가주가 간지러운지 몸을 살짝 떨었다.

"어때요, 도련님? 우리 같이 죽어볼까요?"

앵무는 말끝을 묘하게 틀어 올렸다.

그리고 앵무는 눈앞에 있는 당가의 졸개들을 하나씩하나씩 훑어보았다.

자신이 아는 얼굴이라도 있나 확인하기 위해서였다.

"하!"

앵무가 웃었다.

있었다. 산발을 하고 있는 사내였다. 늘어진 머리카락 때문에 나이를 짐작하기는 곤란했다. 하나 간간이 보이는 흰 머리카락이 사내의 나이가 꽤 많다는 것을 말해 주었다.

가주의 보표(保鑣:경호원) 십살(十殺)의 우두머리 조빙(曺氷)이었다.

앵무는 말했다.

"조빙, 이십 년 만이구나."

"반갑습니다."

조빙은 고개를 끄덕였다.

앵무가 한동안 조빙을 바라보았다. 머리카락에 가려져 볼 수 없는 표정을 살피는 것처럼.

잠시 후 앵무는 고개를 흔들었다. 어차피 조빙이 무슨 생각을 하든지 그것은 별 상관이 없었다.

앵무가 원하는 것은 단 하나였다. 조빙이 손에 들고 있는 저 까만 구슬을 던지지 못하게 하는 것이다.

앵무가 입을 열었다.

"비켜라! 안 그러면 잘난 너희 가주가 다친다."

앵무의 행동은 단순한 위협으로 끝난 게 아니었다. 그녀의 손에 힘이 들어가는지 가주의 입에서 끄르륵거리는 소리가 흘러나왔다.

그러나 그것도 잠시였다. 앵무가 가주의 목을 틀어쥔 손을 떼고 가주의 팔목을 붙잡았다. 그녀는 협박하는 법을 제대로 알고 있었다.

우드득!

가주의 팔이 부러졌다.

"크악!"

가주가 비명을 질렀다. 그의 얼굴은 해쓱해졌다. 그리고 가주는 고개를 돌렸다.

만약 눈으로 사람을 죽일 수 있다면 앵무는 그 순간 죽었을 것이다. 하지만 고작 눈빛으로 사람을 죽일 수는 없다.

앵무는 차갑게 웃었다.

"하! 제발 착각하지 말라고 했지요? 난 도련님이 하나도 안 무서워요."

가주의 얼굴이 처참하게 일그러졌다.

앵무는 다시 조빙을 쳐다보았다.

"너는 내가 이자를 죽이지 못할 거라고 생각하는 게냐!"

"아닙니다."

"비키거라! 두 번씩 경고하지는 않는다."

조빙은 잠시 침묵했다. 그리고 그는 까만 구슬을 꼭 움켜쥐고 느릿하게 말했다.

"하나만 약속해 주시겠습니까?"

"들어주마."

"뭐, 별건 아닙니다. 그분을 죽이지만 말아주십시오."

"하!"

차가운 앵무의 비웃음.

"내가 그래야 하는 이유는?"

"없습니다. 하지만 그분이 죽는다면 저는 또 당신을 쫓아가야 합니다."

앵무는 조빙을 노려보았다.

그리고 앵무가 느릿하게 고개를 끄덕였다.

"좋다. 나도 하나만 부탁하겠다."

"말씀하십시오."

"저기 저 사람……."

앵무는 등 뒤쪽으로 시선을 돌렸다.

그곳에는 방자웅의 등에 업혀 있는 노백이 있었다.

노백은 앵무를 보고 있었다. 노백의 눈에서는 아직까지 피가 흘러내리고 있었다.

앵무는 미간을 살짝 찡그렸다. 그녀는 다시 조빙에게 시선을 주었다.

"너희들이 쓰는 무기가 보통의 암기와 다르다는 것쯤은 다 아는 사실이다. 해약(解藥)을 내놔라."

말과 함께 앵무는 바닥에 있는 유엽비도를 발로 차서 보냈다.

유엽비도를 힐끔 내려다 본 조빙이 대꾸했다.

"알겠습니다."

조빙은 품속에서 푸른빛이 감도는 약첩을 꺼내 앵무의 발 밑으로 던졌다.

앵무는 말했다.

"이제 길을 열어라."

조빙과 나머지 십살이 조금 물러났다. 그리고는 양쪽으로 갈라지더니 두 줄로 늘어섰다.

조빙이 어서 지나가라는 듯이 방문을 가리켰다.

앵무는 허민오를 보았다.

"노인께서 좀 가지고 계실래요?"

앵무가 쌩글거리며 웃었다.

허민오는 약첩을 주워 들었다. 그리고 그는 원래 있던 자리, 혜림의 앞에 섰다.

허민오가 혜림에게 말했다.

"깼느냐?"

"응!"

허민오를 올려다보던 혜림이 고개를 끄덕였다. 그리고 앵무가 혜림의 말소리를 들었나 보다.

앵무는 고개를 돌려 바닥에 누워 있는 혜림을 쳐다보았다.

"자, 꼬마 아가씨, 이젠 일어나야지?"

"으응……?"

혜림은 할아버지 허민오에게 시선을 주었다.

허민오가 슬쩍 인상을 썼다. 그는 앵무의 약삭빠른 생각을 읽을 수 있었다. 방금 전에 확인했듯이 당가가 자랑하는 독공과 암기는 혜림에게 소용이 없었다. 그것을 알아차린 앵무는 혜림을 선두로 내세워 '위험'을 미연에 방지하려는 속셈이 분명했다.

하지만 달리 선택의 여지도 없었다. 허민오는 혜림에게 다가가서 그녀를 일으켜 세웠다.

쿵쿵! 쿵!

혜림은 방문 쪽으로 뛰어갔다. 방문과의 거리는 이제 겨우 한 걸음 정도였다.

그때 방문 앞에 하나의 작은 그림자가 어른거렸다.

"아버지!"

아주 앳된 목소리였다.

혜림이 멈춰 섰다.

그녀는 정면을 빤히 응시했다.

사내아이였다.

그녀는 아무런 움직임도 없었다. 사내아이를 가만히 지켜보았다.

한참 후 그녀는 말했다.

"예뻐……."

나지막한 한마디.

그녀는 그 말 한마디를 했을 뿐이다. 더 이상은 어떠한 말도 떠오르지 않았다.

쿵!

그녀가 사내아이에게 다가갔다.

사내아이는 한걸음 물러섰다.

아이의 표정이 달라졌다. 아이는 금세라도 울음을 터뜨릴 것 같았다.

그녀가 사내아이를 향해 손을 뻗었다. 사내아이는 가만히 서 있었다.

그녀의 손이 사내아이의 볼을 쓰다듬었다,

사내아이가 울음보를 터뜨렸다. 그녀의 손은 얼음덩어리처럼 차가웠다. 온몸에 소름이 돋아났다.

그녀는 배시시 웃으며 말한다.

"애, 넌 이름이 뭐니?"

"며, 명아(明兒)."

울음이 섞인 목소리였다.

그녀가 자신의 얼굴을 가렸다.

"나는 혜림이."

제9장
그건 나의 첫 입맞춤이었다

셋의 하나

7월 6일 새벽.

어제 낮이다.

사내아이는 일 년 만에 집에 돌아왔다.

집으로 돌아온 아이가 가장 먼저 한 일은 아버지를 찾아가는 것이었다.

"돌아왔어요."

아이가 말했다.

아버지는 머리를 끄덕이며 이렇게 물었다.

"네 사부님은 같이 오시지 않았느냐?"

사내아이는 크게 실망했다.

오늘도 아버지에게는 사부님이 우선이다. 벌써 몇 년째인지 몰랐다.

언제나 그랬다. 아버지는 그런 사람이다.

아버지가 아이를 물끄러미 보았다. 그리고 아버지는 더 이상 아무런 말이 없다. 사내아이의 대답을 기다리고 있었다.

사내아이가 말했다.

"취련(翠蓮) 누나는요? 이젠 안 아파요?"

사내아이의 물음에 아버지의 인상은 차가워졌다.

아이가 시무룩한 얼굴로 고개를 푹 떨구었다. 아버지는 아직도 취련 누나가 용서가 안 되는 모양이다.

"…사부님은 일이 있다고 며칠 후에나 집으로 찾아오겠다고 하셨어요."

아버지는 아이에게 손을 내밀었다.

"선물을 사줄 테니 같이 가자."

아이는 그 손을 잡았다.

며칠 후가 사내아이의 생일이다. 사부님은 그날 집으로 찾아오실 거다.

아버지를 따라간 곳은 저잣거리였다.

사내아이는 갖고 싶은 게 너무나도 많았다. 그러나 그것들을 다 사달라고 할 수는 없었다. 그래서 아이는 평소에 가지고 싶었던 폭죽(爆竹)을 사달라고 했다. 그러나 아버지는 사내아이의 말을 묵살해 버렸다.

아버지는 대장간으로 향했다.

"가져오게."

아버지는 대장장이에게 말했다.

늙은 대장장이가 아버지에게 가져온 물건.

보석들이 제법 촘촘히 박혀 있는 값비싼 보검(寶劍) 두 자루였다. 검을 건네받은 아버지는 날을 한번 쓱 훑어보았다. 그리고 아버지가 만족스럽다는 듯이 늙은 대장장이의 어깨를 두드렸다.

아버지는 사내아이를 돌아보았다.

"어떠냐? 네 사부님이 좋아하시겠느냐?"

사내아이의 얼굴은 시무룩해졌다.

역시나······.

오늘도 아버지는 자신을 위해 선물을 산 것이 아니었다.

아버지는 대장장이한테,

"집으로 가져와라."

그렇게 말하고는 보검을 다시 돌려주었다.

대장간에서 나온 두 사람이 이 건물에 도착한 것은 땅거미가 내려앉을 때쯤이었다.

아버지는 자신을 데리고 건물 안으로 들어섰다.

신기했다.

사내아이는 이때까지 집에 있는 취련 누나보다 예쁜 사람은 없다고 생각했다.

세상에서 제일 예쁜 여자는 당연히 취련 누나였다. 하지만 이곳에는 취련 누나보다 예쁜 여자들이 너무나 많았다. 그 예쁜 누나들이 아버지에게 인사를 했다. 괜스레 사내아이는 어깨가 으쓱해지는 기분이었다.

아버지는 어떤 누나한테 속삭이듯이 말했다. 그 말들 중에서 오직 '노백' 이라는 단어만 들을 수 있었다.

그 누나는 아버지에게 따라오라고 했다. 그리고 누나가 이층으로 올라갔다.

복도에는 방들이 양쪽으로 일렬로 늘어서 있었다. 누나는 복도 끝에 있는 방으로 들어갔다.

방 안으로 들어가던 아버지가 그 누나에게 말했다.

'저 아이와 놀아주고 다른 사람을 불러주게' 라고.

그 누나가 알겠다고 했다. 그리고 누나는 자신을 데리고 옆방으로 갔다.

그 누나는 착했다.

맛있는 걸 많이 가져다 주었다. 하지만 아이는 하루종일 아버지를 따라다녔기 때문에 피곤했다.

누나는 푹신한 의자에 앉아 꾸벅꾸벅 졸던 아이를 눕혔다. 아이의 머리는 누나의 무릎에 올려졌다.

누나의 몸에서는 기분 좋은 냄새가 났다.

잠결이었다.

옆방에서 시끄러운 소리가 났다. 그 소란스러움에 아이가 일어났을 때 누나는 없었다.

옆방은 아버지가 들어간 방이다.

아이는 졸린 눈을 비비고 의자에서 일어났다. 문을 열고 복도로 나갔다.

옆방의 문은 다 부서져 있었다. 놀란 사내아이는 부서진 나무 조각들을 건너뛰어 문 앞에 섰다.

"아버지!"

난장판이 되어버린 방 안을 보고 사내아이가 소리쳤다. 그리고 사내아이는 그대로 굳어버렸다.

귀신같은 여자아이가 다가왔다. 아버지는 어떤 아줌마한테 붙들렸다. 그리고 언제나 아버지를 지켜준다는 '십살 아저씨'들은 가만히 서 있기만 했다.

빡!

뜻밖에 들려온 타격음에 모두들 앵무를 처다보았다.

앵무가 목을 틀어쥐고 있는 가주는 축 늘어져 있었다. 그리고 앵무는 가주의 뒤통수를 툭툭 건드렸다.

방 안의 분위기가 살벌해졌다. 싸늘하게 식어버린 열 쌍의 시선이 앵무에게 꽂혔다.

십살의 눈들이었다.

그러나 앵무는 눈썹 하나 까닥하지 않았다. 그녀는 십살의 우두머리 조빙에게 말했다.

"아직 죽지 않았다."

"음……."

심기가 꽤 뒤틀렸는지 조빙이 신음을 토했다.

앵무는 조빙을 처다보고 있지 않았다. 그녀는 허민오에게 시선을 주고 눈가에 깊숙한 잔주름을 만들어냈다.

"그만 하고 나가죠?"

허민오는 잠시 동안 앵무를 처다보았다. 그녀는 침착함을 잃지 않았다. 대단한 여자라는 생각이 들었다.

허민오는 사내아이에게 정신을 팔고 있는 혜림을 안아 들었다. 약간의 투정은 있었지만 허민오는 무시했다.

앵무는 방지웅을 돌아보고 눈짓을 보냈다. 그리고 노백을 업고 있는 방지웅이 고개를 끄덕였다.

그렇게 네 사람이 떠난 후 앵무는 가주를 바짝 끌어안고 방문을 향해 걸어갔다.

흑호와 권사가 앵무를 보호하듯이 그녀의 좌우에 딱 달라붙었다. 그리고 방문 앞에 두 줄로 늘어선 십살은 여전히 앵무를 노려보고 있었다.

세 사람이 조빙의 곁을 스칠 때였다.

앵무가 멈춰 섰다.

조빙을 돌아본 앵무는 배시시 웃었다. 그리고 그녀는 가주의 등을 떠밀었다.

엉겁결에 조빙이 가주를 끌어안았다.

앵무가 몸을 날렸다.

권사와 흑호가 돌아섰다. 두 사람은 방문을 떡하니 가로막고 십살에게 눈을 부라렸다.

조빙은 급히 방문 밖을 쳐다보았다. 그의 얼굴을 완전히 뒤덮은 머리카락 사이에서 두 눈이 번쩍였다.

앵무의 가슴에는 사내아이, 그러니까 당가의 후계자가 안겨 있었다. 그녀의 손은 사내아이의 연약한 팔을 붙잡고 있었다. 언제든지 부러뜨릴 수 있다는 듯이.

앵무는 말했다.

"만약 우리를 따라온다면……."

쌩글…….

앵무가 눈웃음을 쳤다.

조빙이 고개를 끄덕였다.

앵무는 조빙에게 고개를 살짝 숙이고 등을 돌렸다.

앵무가 일층으로 이어진 계단을 내려갈 때였다.

그녀의 등 뒤에서 욕설이 들렸다. 아주 심한, 입에 담기조차 거북한 욕설이었다.

그녀는 웃었다.

기절한 가주가 깨어났나 보다.

어두운 골목길.

앵무가 사내아이를 안고 나타났다.

사람들이 골목의 입구에서 그녀를 기다리고 있었다. 차례로 사람들의 얼굴을 훑던 앵무의 시선이 한곳에서 멈추었다.

노백이었다. 방지웅의 부축을 받고 있었다.

하지만 앵무는 잠깐 동안 노백을 바라봤을 뿐이다. 그의 왼쪽 눈을 싸맨 피 묻은 헝겊 조각이 앵무의 눈을 다른 곳으로 돌리게 만들었다.

"괜찮나요?"

앵무가 지나가는 투로 물었다.

아마 노백은 고개를 끄덕였을 것이다.

앵무는 약간은 무거워진 마음을 털어버리듯이 눈웃음을 치며 돌아섰다.

휙!

앵무는 사내아이를 냅다 집어 던졌다.

권사가 앞으로 나서며 사내아이를 받았다. 유난히 긴 팔에 안겨 버린 사내아이는 눈을 동그랗게 뜨고 앵무를 쳐다보았다.

앵무가 한 걸음 나서며 손을 들었다.

쫙!

사내아이의 고개가 돌아갔다. 아이의 볼은 금세 부어올랐고 여린 피부에는 손바닥 자국이 선명하게 찍혔다.

아이가 울음을 터뜨렸다. 하지만 앵무가 다시 한 번 손을 들었을 때 아이는 울음을 집어삼키고 눈을 질끈 감았다. 하지만 아이가 염려하던 일은 일어나지 않았다. 그 대신 차가운 손이 사내아이의 부어오른 볼을 어루만지고 있었다.

사내아이는 살며시 눈을 떴다.

앵무가 말했다.

"조빙한테 고맙다고 하려므나. 그가 뒤따라 왔으면 넌 팔병신이 되었을 텐데……."

아쉽다는 투였다.

사내아이는 저도 모르게 한쪽 팔을 붙잡고 있었다. 아까 이 아줌마에게 붙잡혔던 팔이다. 아이는 이 아줌마가 지금 거짓말을 하는 게 아니라고 생각했다. 팔은 아직도 얼얼했다.

아이는 땅딸막한 아저씨를 부축하고 있는 냉막한 인상을 가진 청년에게 시선을 주었다. 청년은 한쪽 팔이 없었고, 아이는 자신이 저렇게 되었을지도 모른다는 생각이 들었다. 갑자기 눈물이 왈칵 쏟아졌다.

사내아이가 고개를 푹 떨구었다. 아이는 눈앞에 있는 키 큰 아줌마가 무서웠다.

"자, 이제 그만 이 아이를 가둬둘 만한 곳으로 가죠."

아이는 고개를 살짝 들었다.

무서운 아줌마는 돌아서 있었다.

아이가 고개를 갸웃거렸다. 모든 사람들이 이 아줌마의 말을 듣는 게 참 신기했다. 사내아이는 이 아줌마가 높은 사람이라고 생각했다.

골목길은 계속 이어져 있었다.

다닥다닥 붙은 판잣집의 모습이 비슷해서인지, 혹은 밤이라 그런지 아이의 눈에는 같은 곳을 뱅뱅 도는 듯한 느낌이었다.

골목 끝에 있는 판잣집의 문은 피처럼 붉었다.

사내아이는 고개를 갸웃거렸다. 이상하게 문 뒤쪽에서 야릇한 신음이 새어 나왔다.

아이는 아픈 사람이 살고 있는 집인가 보다 했다. 그리고 그 생각은 틀리지 않았다.

붉은 문을 두드리자 벌거벗은 아저씨가 인상을 쓰고 나왔다. 고열에 시달렸는지 그 아저씨의 몸은 땀으로 축축하게 젖어 있었다.

"노, 노백."

벌거벗은 아저씨는 맨앞에 서 있는 '땅딸막한 아저씨'를 보고 무릎을 꿇었다.

사내아이는 자연스레 판잣집 안을 보았다.

딱딱한 나무 침상이 하나 있었고 침상 위에는 누런 빛깔의 이불이 깔려 있었다. 그 누런 이불로 몸을 가리고 웅크리고 앉은 젊은 여자.

많이 아픈 모양이다.

이쪽을 바라보는 여자의 눈은 쑥 들어갔고 머리는 마구 헝클어져 있었다.

땅딸막한 아저씨가 말했다.

"지금 몹시 피곤하다. 그래서 다른 말은 하지 않겠다. 당분간은 이곳은 내가 쓴다. 비워줬으면 좋겠다."

"네!"

벌거벗은 아저씨는 머리를 조아렸다.

사내아이는 두 손을 꽉 움켜쥐었다. 그리고 아이는 노백을 똑바로 쳐다보고 있었다.

아픈 사람들을 쫓아내다니…….

이 땅딸막한 아저씨도 나쁜 사람이다.

한바탕 열기가 휩쓸고 지나간 방 안은 칙칙한 땀 냄새로 가득했다.

노백은 딱딱한 나무 침상에 누워 있었다.

앵무가 노백의 눈을 가린 피 묻은 헝겊을 걷어냈다. 그녀가 미간을 심하게 찌푸렸다. 시간이 얼마 흐르지도 않았는데 이미 노백의 눈두덩이는 시커멓게 죽어가고 있었다.

시간이 없다.

조금 있으면 노백의 살은 썩어 들어갈 것이다. '그 집안'의 암기는 그래서 무섭다.

앵무는 말했다.

"오라버니들, 이 사람을 붙잡아요."

그녀의 등 뒤에서 노백을 내려다보던 두 사람, 권사와 흑호가 앞으로 나왔다.

두 사람은 노백의 팔다리를 붙잡았다.

앵무의 손에는 푸른 빛이 감도는 약첩이 들려 있었다.

조빙에게 받은 해약이었다.

앵무가 조심스레 약첩을 풀었다. 그녀는 푸른빛을 띤 약첩을 코로 가져갔다. 그리고 냄새를 맡고 나서야 안심한 앵무는 약첩을 노백의 눈가에 가져갔다.

스르르…….

가루약이 상처에 뿌려졌다. 상처 주위로 하얀 거품이 부글부글 일어났다.

노백은 남아 있는 한쪽 눈을 부릅뜨고 이를 악물었다. 그를 붙잡은 권사와 흑호의 팔에 힘이 들어가는지 힘줄이 불끈불끈 솟아났다.

하지만 앵무의 손길은 떨림이 없었다. 그녀는 전혀 흔들림없는 모습으로 가루약을 뿌리고 있었다.

"끄아아아악!"

노백의 입에서는 섬찍한 비명이 새어 나왔다.

딱딱한 나무 침상과 조금 떨어진 곳.

허민오는 노백의 비명을 듣고 있었다. 하지만 허민오는 남의 고통을 즐기는 그런 사람이 아니었다.

허민오가 고개를 돌렸다. 눈길을 돌린 곳에 하필이면 방지웅이 있었다. 방지웅은 두 눈을 빛내고 노백을 쳐다보았다.

허민오는 자꾸만 방지웅의 시선을 따라 자신의 눈길이 노백에게 돌아가는 것을 느꼈다.

딱히 눈을 둘 곳이 없어진 허민오는 고개를 숙였다. 가슴에 안겨 있는 사내아이와 눈이 마주쳤다.

사내아이는 허민오를 올려다보고 있었다.

아이는 무언가를 말하려고 하는 것 같았다. 그리고 허민오는 사내아이가 무슨 말을 하려는지 이미 짐작하고 있었다.

혜림이 허민오의 옆에 서 있었다.

그녀는 지금 허민오의 품에 안겨 있는 사내아이를 빤히 쳐다보고 있었다. 주위에서 일어나는 일 따위는 신경 쓰지 않았다. 그녀의 관심사는 오직 사내아이였다.

하나 허민오조차 가끔 놀라는 혜림의 모습이다. 가슴에 안겨 있는 사내아이가 어떤 생각을 하는지는 뻔한 일이었다.

무서울 것이다.

하지만 그렇다고 혜림을 밖으로 내보낼 수도 없었다. 밤늦은 시간에 사람들이 그녀를 본다면…….

상상만으로도 머리가 아팠다.

허민오는 사내아이의 눈을 피해 버렸다. 그러자 아이의 눈에는 눈물이 그렁그렁 매달렸다.

혜림의 얼굴이 시무룩해졌다.

사내아이의 눈에 매달린 눈물이 그녀의 심경을 건드렸다. 사내아이에겐 눈물은 어울리지 않았다. 무엇보다 그 아이를 처음 봤을 때처럼 가슴이 뛰지 않았다.

'음…….'

그녀는 골똘히 생각했다. 그녀는 그 아이가 환하게 웃기를 바랬다.

"얘!"

그녀가 아이의 왼쪽 어깨를 툭툭 쳤다.

아이는 고개를 돌렸다.

푹.

손가락.

그녀의 검지가 아이의 볼을 찔렀다. 그러나 사내아이의 반응은 그녀의 예상과는 달랐다.

아이는 처음엔 놀란 듯이 눈을 동그랗게 떴다. 다음은 손을 들어 자신의 볼을 몇 번 쓰다듬었다. 마지막은 아주 싫다는 듯이 고개를 돌렸다.

그녀의 얼굴이 쌜쭉해졌다.

환하게 웃을 줄 알았는데…….

하지만 아주 잠시였다. 그녀에겐 그 모습도 예뻐 보였다.

"헤에……."

그녀가 아주 짓궂게 웃었다. 그리고 그녀는 사내아이를 향해 손을 뻗었다.

그녀가 말했다.

"예뻐……."

그녀는 마치 부드러운 비단을 어루만지듯이 아이의 볼을 쓰다듬었다.

사내아이는 그녀의 손을 뿌리치고 나무 침상이 있는 쪽으로 눈길을 돌렸다.

땅딸막한 아저씨가 축 늘어져 있었다.

"휴……."

앵무는 한숨을 내쉬었다.

자신의 양손을 내려다본 앵무가 웃었다. 긴장을 한 탓인지 그녀의 손은 땀이 홍건했다. 옆에 있던 흑호가 자신의 옷소매를 찢어서 앵무에게 내밀었다.

　앵무는 그것을 받아 들며 눈웃음을 쳤다.

　"고마워요."

　흑호는 쑥스러운지 고개를 돌렸다.

　앵무가 손에 고인 땀을 닦아내고 말했다.

　"이 사람을 데리고 나가야겠어요."

　노백의 양팔을 붙잡고 있던 권사가 그녀에게 물었다.

　"어디로 가려고?"

　"총당(總堂)으로 가야지요."

　"오히려 그 창고가 위험하지 않을까? 이미 알려질 대로 알려진 곳인데……."

　"오라버니도 순진하시네? 우리에겐 인질이 있잖아요."

　"그게 무슨……?"

　"총당으로 돌아가는 건 우리들만이에요. 그 집안의 애새끼는 여기다 두고 가야죠."

　권사는 앵무를 가만히 응시했다.

　앵무는 약간 미안한 마음이 들었다. 그래서 그녀는 조금 더 설명을 해주기로 맘먹었다.

　"사람들은 바보들이죠. 그들은 눈에 보이는 것만 믿어요. 만약 우리 곁에 저 아이가 없다면 그들이 생각하는 건 두 가지일 거예요. 하나는 우리가 아이를 죽였다. 그리고 다른 하나는 알고 계시겠죠?"

　앵무는 눈가에 깊숙한 주름을 만들었다.

권사는 고개를 끄덕였다. 다른 하나는 아이를 어딘가에 숨겨놓았을 거라고 생각할 것이다.

숨겨놓았다.

이 말이 던지는 느낌은 참 묘했다. 언제든지 죽일 수 있다는 말과 같으니까. 하지만……

"같이 데려가서 숨기는 게 낫지 않을까?"

권사가 물었다.

앵무는 고개를 흔들었다.

"저 아이를 혼자 여기 두는 게 나아요. 아마 그 집안에선 우리를 찾으려고 혈안이 되어 있을 텐데……. 당연히 총당으로 가는 길에 그들이 숨어서 지켜볼 거예요. 그리고 우리도 아이가 없는 편이 편하지요. 게다가 저 아이는 길조차 모르잖아요?"

일리가 있었다.

권사는 더 이상 묻지 않았다. 그리고 그는 침상에 누워 있는 노백을 들쳐 업었다.

앵무는 허민오를 돌아보았다.

"노인은 왜 그렇게 멍청하게 서 계세요? 노인도 빨리 준비하세요. 그들은 노인의 얼굴도 알아요."

허민오는 쓰게 웃었다.

얼굴을 안다는 것은 이미 자신도 당가와 얽혔다는 말이다. 이젠 빼도 박도 못하는 신세가 된 것이다.

허민오가 옆에 있는 혜림을 내려다보았다. 그녀는 여전히 사내아이를 빤히 쳐다보고 있었다.

허민오가 말했다.

"자, 우리도 가자꾸나."

"싫어! 혜림이는 얘랑 놀 거야."

혜림은 고개를 저었다.

"할아버지, 부탁이야. 얘랑 같이 있게 해줘요."

그녀의 눈을 가만히 쳐다보던 허민오는 미간을 찌푸렸다. 기이하게 반짝이고 있었다. 그녀의 눈은 탐욕에 휩싸여 번들거렸다.

허민오는 체념한 듯이 고개를 저었다. 그리고 그는 어쩔 수 없이 사내아이의 목을 쓰다듬었다.

아이가 몸을 움찔 떨었다.

허민오를 올려다보는 아이의 눈이 스르르 감기고 있었다.

아이는 감기는 눈을 몇 번이나 다시 뜨려고 했다. 하지만 이미 나른해질 대로 나른해진 몸은 마음대로 되지 않았다.

"어……? 죽은 거야?"

혜림이 말했다.

난데없이 눈을 감고 축 늘어진 아이를 보면서 그런 생각이 드는 건 당연했다.

허민오가 고개를 흔들었다.

"아니, 잠을 자는 거란다. 무척이나 피곤한가 보구나."

허민오는 사내아이를 나무 침상에 눕혔다.

아마 이 아이는 금세 깨어날 것이다. 수혈을 아주 약하게 눌렀을 뿐이다.

돌아선 허민오가 혜림을 달래듯이 말했다.

"나중에 와서 놀자꾸나."

"음, 알았어."

그녀가 고개를 끄덕였다.

"꼭 혜림이랑 같이 놀게 해줘야 해?"

"그러마."

허민오는 그녀의 머리를 약간 거칠게 쓰다듬었다. 기분이 좋아진 그녀가 배시시 웃었다.

방을 나서기 전에 그녀가 사내아이를 한번 돌아보았다.

깨어난 사내아이는 주위를 두리번거렸다.

아무도 없었다.

불안한 마음을 감추려고 사내아이는 눈을 꼭 감았다. 아이의 머리 속에는 자신의 집이 선명하게 떠올랐다.

사내아이가 살고 있는 그 집은 긴 언덕 끝에 있는 계곡 안으로 들어가다 보면 나타난다. 계곡의 입구는 우거진 수림(樹林)에 가려 눈여겨보지 않으면 놓치기가 쉬웠다. 그리고 계곡을 쭉 따라가 보면 가파른 암석들이 즐비하게 늘어서 있다. 암석들 뒤에는 언제나 사람들이 몸을 숨기고 있었다. 그들은 침입자가 나타나기만 하면 득달같이 달려들어 침입자를 난도질해 버렸다.

그 때문에 사내아이는 그 길로는 잘 다니지 않았다. '아이만의' 길은 따로 있었다.

사내아이가 눈을 떴다.

돌아가고 싶다.

아이는 자리에서 일어났다. 그리고 아이가 앞에 있는 문을 향해 다가갔다.

사내아이는 문고리를 잡았다.

열린 문 뒤쪽에서 사내아이가 얼굴을 내민다.

사내아이는 주위를 두리번거렸다.

조용했다.

판잣집 앞에는 아무도 없었다.

아이는 무서웠다. 차라리 누군가 판잣집을 지키고 있었다면 이렇게 무섭지는 않았을 것이다. 아이는 몇 번이나 주위를 돌아보았다.

한참 만에 아이가 밖으로 나왔다. 심장이 벌렁벌렁 뛰었다. 발뒤꿈치를 들고 한 발 한 발 앞으로 걸어갈 때마다 숨이 턱턱 막히는 느낌이었다. 하지만 몇 발자국 걸어가다 보니 처음의 무서움이 사라졌다. 무서움이 사라지자 자연히 들어 올렸던 발뒤꿈치가 땅에 닿게 되었다.

아이는 성큼성큼 걸어갔다.

셋의 둘

사내아이는 멈춰 서서 땅바닥을 쳐다보고 있었다.

잔뜩 겁을 집어먹은 표정이다. 언제부터인지는 몰라도 자신의 그림자 바로 옆에 또 다른 그림자가 하나 더 있었다.

"왜 나와 있느냐?"

늙수그레한 목소리도 들려왔다.

아이는 돌아섰다. 너무나도 탐스러워서 만져 보고 싶은 멋진 수염을
기른 할아버지였다.

할아버지의 등 뒤에서 깡마른 얼굴 하나가 나왔다.

여자아이였다. 손가락으로 자신의 얼굴을 가리키고 '나는 혜림이'
라고 말했던 그 여자 말이다.

여자아이가 입을 열었다.

"예뻐……."

사내아이는 인상을 찡그렸다.

또 저 소리다.

사내아이는 고개를 돌리고 눈을 꼭 감았다. 아이는 그 여자가 무서
웠다.

할아버지 허민오가 말했다.

"왜 나왔냐고 묻고 있질 않느냐."

사내아이는 눈을 들어 허민오를 응시했다. 아이는 두어 번인가 망설
이다 입을 열었다.

"집에 돌아갈래요."

"하아……."

허민오는 긴 한숨을 내쉬었다. 그리고 허민오가 사내아이에게 다가
갔다.

사내아이가 움찔 물러났다. 아이는 금세 눈에 눈물을 그렁그렁 매달
았다.

잠시 후 사내아이가 허민오에게 달려들면서 허민오의 가슴을 때려
댄다.

"왜 이러는 거예요! 집으로 갈 거란 말이에요!"

허민오가 아이를 끌어안았다.

아침이다.

하루의 시작을 알리는 시각 말이다. 그리고 상쾌한 아침 공기를 마음껏 들이마시기를 기대하는 그런 시간이었다.

하지만 이날 아침은 이상하게 칙칙했다. 하늘은 낮은 먹구름이 잔뜩 끼어 무채색을 띠고 있었다.

잿빛의 하늘······.

한바탕 쏟아질 것 같은 음산한 날씨였다.

허민오는 하늘에서 눈길을 떼고 계곡 안으로 시선을 주었다.

그의 시선 속으로 고래등 같은 장원 한 채와 장원의 대문 위에 매달려 있는 큼지막한 현판(懸版)이 차례로 들어왔다.

사천(四川).

현판에 써 있는 글씨는 나무 그늘에 가려져 제대로 볼 수가 없었다.

허민오는 가슴에 안겨 있는 사내아이를 내려다보았다. 저기 있는 커다란 장원이 아이가 살고 있는 그 집이었다.

아이는 또랑또랑한 눈으로 허민오의 얼굴을 보고 있었다.

허민오는 아이의 눈에 매달린 눈물을 보았다. 그의 가슴이 무거워졌다. 허민오는 사내아이를 여기 데려온 게 잘한 건지 스스로도 확신이 서지 않았다.

혜림이 사내아이를 만나게 해달다고 떼를 쓰기에 판잣집에 가본 것뿐이다. 그리고 눈물을 그렁그렁 매달고 있는 아이를 보자 막연한 동정심이 일어나서였다.

"하아……."

허민오는 한숨을 길게 내쉬었다. 이제 와서 후회를 해봤자 소용없는 일이었다.

허민오가 아이를 땅에 내려놓았다.

"이제 그만 가거라."

"으응……?"

아이는 이해하지 못하는 것 같았다.

허민오가 입가에 부드러운 미소를 매달았다. 그리고 그는 느릿하게 말했다.

"그만 집으로 돌아가거라."

사내아이의 얼굴이 밝아졌다.

아이가 등을 돌렸다. 그러나 아이는 집을 향해 달려갈 수 없었다.

"얘!"

허민오의 등 뒤에서 그녀의 얼굴이 불쑥 튀어나왔다.

다시 돌아선 아이는 입을 꼭 다물고 그녀를 쳐다보았다. 아이는 금세 울음을 터뜨릴 것 같은 표정이 되어버렸다.

"할아버지, 혜림이는 내릴 거야."

그녀가 말했다.

허민오는 그녀를 내려놓았다.

쿵!

혜림은 사내아이 앞으로 다가갔다. 아이는 자신보다 키가 큰 그녀를 올려다보았다.

혜림이 쌩긋이 웃었다.

그녀가 양손을 뻗어 아이의 얼굴을 붙잡았다. 그리고 그녀는 사내아이의 얼굴을 끌어당겼다.

그녀가 고개를 숙이고 눈을 살포시 감는다.

사내아이의 눈이 커졌다.

입맞춤은 길었다.

그녀가 입술을 떼었다.

사내아이는 멍한 표정이 되었다. 그리고 아이의 손은 입술을 만지고 있었다.

그녀가 말했다.

"지금 혜림이는 못났어. 그치만 할아버지가 기련산이라는 곳에 데려가 줄 거야. 그러면 혜림이는 예뻐진대. 할아버지가 약속했거든? 그러니까 다음에… 이 다음에 혜림이가 예뻐지면 그때 다시 만나."

아이는 언덕을 내려가는 허민오를 응시했다.

조금 더 정확하게 말해서 아이는 허민오의 등에 업혀 있는 혜림을 보고 있었다.

혜림은 아이의 시선을 느꼈는지 몸을 뒤틀었다.

그녀가 웃었다.

그녀는 손을 흔들었다. 그녀가 밑으로 사라지고 있었다.

한참 동안이나 아이는 그곳에 서 있었다. 그리고…….

언덕을 내려간 그녀가 보이지 않게 되었다.

아이가 돌아섰다. 그리고 아이는 저 멀리 보이는 자신의 집을 향해 달려갔다.

셋의 셋

언덕의 중간쯤에서 허민오는 멈춰 섰다.

허민오의 등에 업혀 있는 혜림은 아주 노골적으로 싫다는 표정으로 언덕 밑을 바라보았다.

세 사람이 언덕 밑에서 그들을 기다리고 있었다.

앵무와 권사, 그리고 흑호였다. 앵무는 허민오를 보고 고개를 까닥거렸다. 그리고 그녀는 흑호를 돌아보았다.

흑호는 고개를 끄덕이고 언덕을 올라왔다.

앵무가 허민오를 돌아보았다. 그리고 그녀는 아주 묘한 웃음을 지었다.

"히야, 내가 그 집안의 애새끼를 그렇게 쉽게 놓아줄 것 같아요?"

〈제1권 끝〉

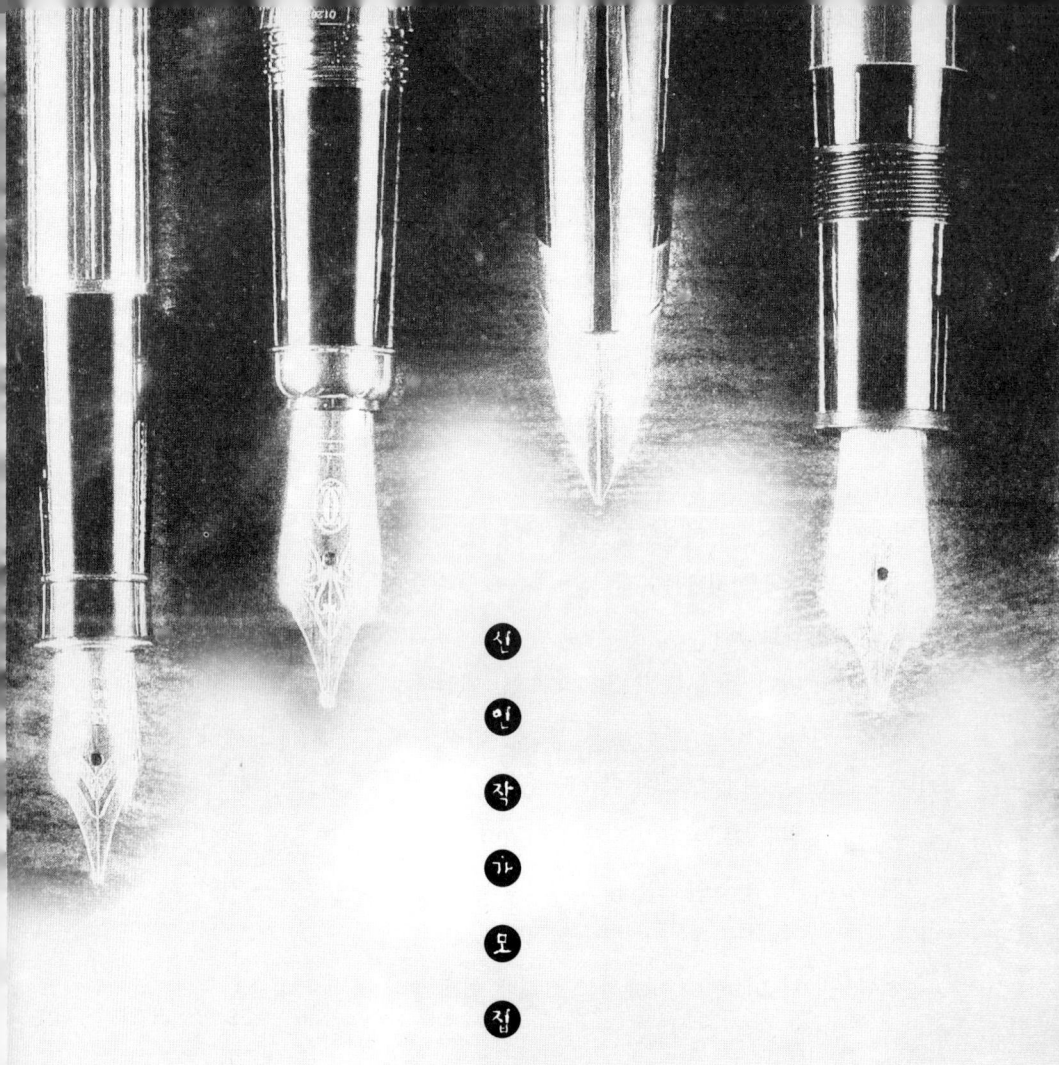